港《みよ》崎《ざき》遊廓　地図
（遊廓島）

遊廓島心中譚

ゆうかくじましんじゅうがたり

霜月流
Ryu Shimotsuki

講談社

目次

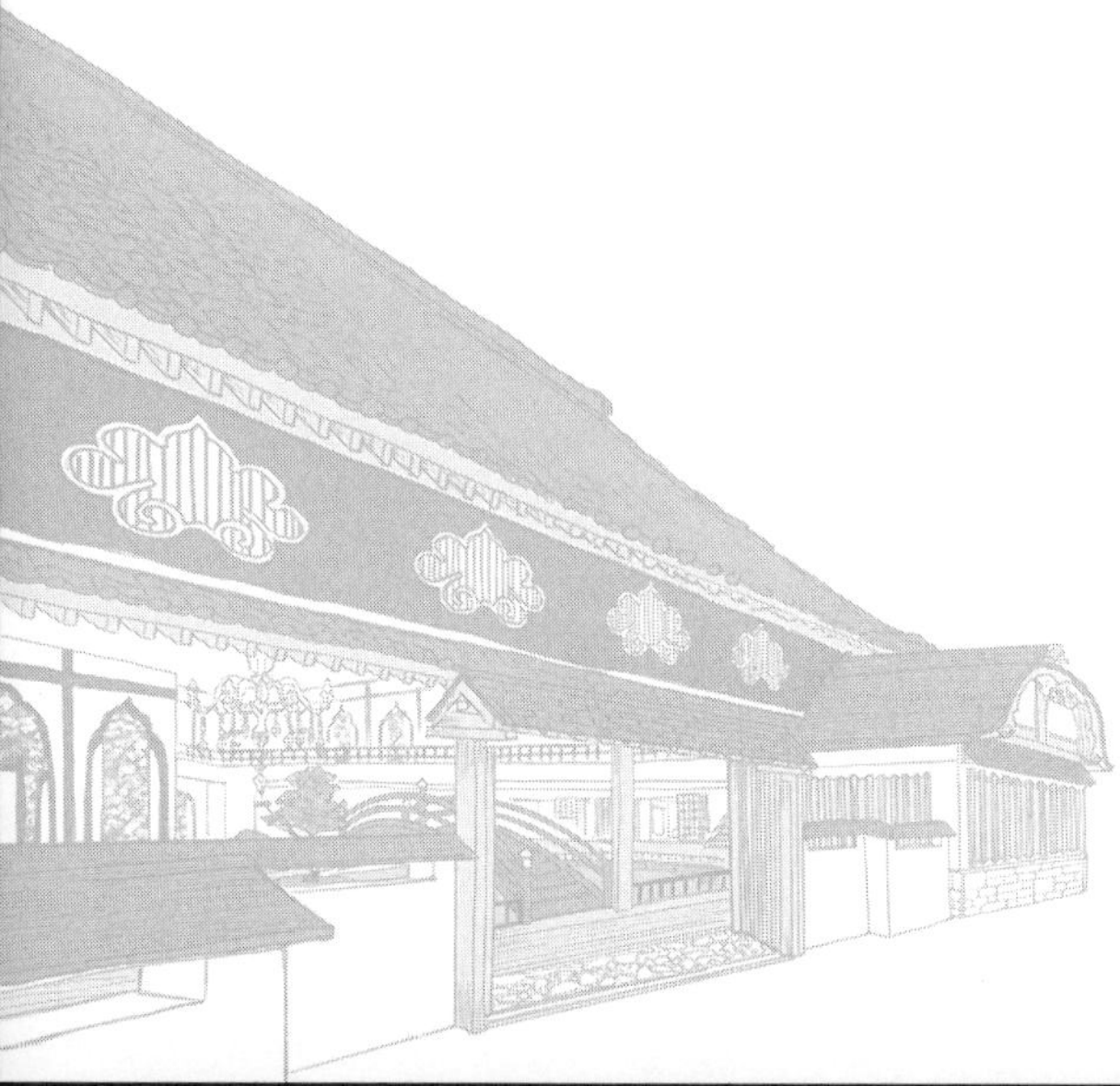

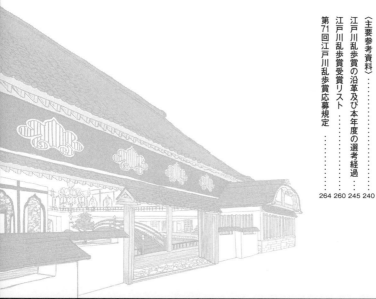

遊廓島心中譚《ゆうかくじましんじゅうがたり》

鏡《きょう》　其の一

「そんなに死にたけりゃ、ひとりで死ね」

獲物を追い詰めた狼《おおかみ》のような、冷たい唸《うな》り声だった。

毎朝魚を売りにくる棒手振《ぼてふ》りの威吉《たけきち》の声だと、すぐには受け容《うい》れられなかった。父に怒鳴られようが殴られようが、決して柔らかい表情を崩さない男とは、まるで別人だったからだ。


夜四つ（午後十時頃）。町木戸が閉められ、誰もがすっかり寝静まった時分。

十四歳の鏡は、背中越しに障子が閉じられた音を聞いてから、そろりと身を起こした。

暗がりに耳を澄ませる。一人分の忍び足が段階子《だんばしご》を一段ずつ軋《きし》ませて遠ざかっていく。

鏡は眠っている両親を起こさないように布団から這《は》い出《だ》すと、手探りで障子を開いた。足を踏み外さないように後ろ向きになって手をつき、一段ずつ確かめながら段階子を下りていく。

一階まで下りきると同時に、戸口の腰高障子が開く音がした。

「姉さま」

声を殺して呼びかける。土間の人影が振り返った。

「見送りはしないって約束したでしょう、お鏡」

「ごめんなさい。でも、もう会えないと思ったら堪えられなくて。おとっつあんにもおっかさんにも気づかれてないよ。二人とも、ぐっすりだから」

「そう、よかった。もうあんたもすっかり眠っておしまい」

姉のすえに両手を掬《すく》い上《あ》げるようにして握られた。じんわりと掌《てのひら》に熱が伝わってくる。

鏡よりも三つ年上のすえは、明日には、隣町の醤油《しょうゆ》問屋の長男坊と祝言を挙げることになっていた。

「送っていくよ、威吉兄さんの家まで。躓《つまず》いちゃうといけないから」

「塀伝いに歩いていけばすぐじゃない。灯《あか》りがなくても平気よ」

我が家を出てすぐ左手に路地木戸がある。ここを潜《くぐ》って一番初めにある棟割長屋の一番手前に、威吉は独りで暮らしている。

大好きな姉、二人きりの姉妹。

その姉は朝の陽を待たずして、威吉と共に死ぬ。

淋《さみ》しくはあったが、止めても聞かないのがこの姉であるし、何より鏡自身もそうしたらいいと思っていた。

見ず知らずの男の横で白無垢《しろむく》よりも白い顔で俯《うつむ》く姉ならば、頬を桜色に染めて要らない魚を何尾も買ってしまう姉のままであってほしいと、願わずにはいられなかったのだ。

「もう行かなくちゃ、威吉さんが待ってる。お鏡、わかってちょうだい」

「うん……」

握り合った手から、鏡はゆっくりと力を抜いた。

「本当に恩に着るよ。お鏡、堪忍だよ」

すえは全身を震わせて鏡を力強く抱きしめた。

鏡は溢《あふ》れそうな涙と鼻水を必死で押し戻し、全身に力を込めて笑顔を作った。鏡の右頬に浮かんだえくぼを、すえの指先が名残惜しそうに撫《な》でた。

「団子ばかりじゃなくて、お魚もちゃんと食べるんだよ。それじゃあね」

腰高障子が閉じ、すえの影が左側にそろそろと動いて見えなくなるまで、鏡は口を強く結んで土間に立ち尽くしていた。

寝床に戻ったところで、眠れるはずもなかった。

全身から汗が噴き出し、布団がぐっしょりと濡《ぬ》れていく。

二人はまさに今、情を交わし合っているのだろうか。それが済んでしまったら、枕元から剃刀《かみそり》を取り出して互いの首を切りつけ、赤い海に沈んでいくのだろうか。

木が少し腐った天井を、目を剝《む》いて見つめる。

明け六つ（午前六時頃）の鐘が鳴ったら、威吉の家に行こう――そう決めたはずなのに居ても立ってもいられず、気がつけば薄暗いうちに家を飛び出していた。

路地木戸を潜り、威吉の家を目指す。

長屋の前に立ち、二度、三度と胸を上下させた。

恐怖を搔《か》き消《け》すように腰高障子を勢いよく開け放った。

真っ先に目に飛び込んできたのは、板張りの床であぐらをかき、ぼうっと布団を見下ろしている威吉だった。

「……姉さま？」

こわごわと布団に近づき、覗《のぞ》き込《こ》む。

「ひいっ」

鏡は腰を抜かし、尻餅をついた。

すえが、首の根元から細長い血を噴いて、もぞもぞと芋虫のように蠢《うごめ》いていた。

「ああ、うわあ……」

張子《はりこ》の虎のように首を揺らして震える鏡に、威吉がゆっくりと顔を向けた。だがその濁った目は、すぐにまたすえに戻っていった。

威吉の手からぽとりと、銀色のものが零《こぼ》れ落《お》ちた。綺麗《きれい》なままの剃刀が、すえの首に半端に食い込んでいる赤いそれに並んだ。

殺される、逃げなければ——。

頭ではそう思っても脚に力が入らず、立ち上がることができない。

威吉は身じろぎが小さくなっていくすえに向かって、憐《あわ》れむように目を細めた。

やがて、最期に大きく息を吸い込んだすえと目が合ったとき、威吉は突き放すように、はっきりと言い放ったのだ。

「『そんなに死にたけりゃ、ひとりで死ね』と」

鏡が言葉を切るなり、眼前で息を呑《の》む気配がした。

目深に被《かぶ》った笠《かさ》で上半分が遮られた鏡の視界に、立ち尽くす男の雪駄《せった》だけが見える。

「それはもうたまげましたよ。家とか金なんていう運命の流れに逆らってまで互いを女夫星《めおとぼし》と固く信じ合ったのではなかったのかと、まだ破瓜《はか》すら迎えていない身ながら思ったものです」

「それが、そなたがイカサマ師になった所以《ゆえん》か」

「人聞きの悪いことをおっしゃらないで。アタシはただ、姉さまが威吉兄さんとの間にあると信じていた〝男女の絆《きずな》のまことの姿〟が本当に人の心に宿るということを、確かめたいだけなのです」

「男女の絆のまことの姿……色や情、恋のようなものか」

「いいえ。そんな春画の世界のような淫らで慎みのない言葉で済ませられるものではありません。アタシが確かめようとしているのは、もっと清くて上等な〝信実《しんじつ》〟の想《おも》いなのです。好き合う気持ちのてっぺんにあるもの、とでも言えばよろしいでしょうか」

「持って回った言い方をするな。わかるように言え」

「そう言われましても、応ずる言葉がないものですから、言い表そうとすると曖昧になってしまうのです。堪忍ですよ」

鏡は笠の端を摘《つま》んで押し上げた。

袴《はかま》、二振の佩刀《はいとう》に紋付き羽織《ばおり》、銀杏髷《いちょうまげ》に結った髪。侍の身なりをした男が、筮竹《ぜいちく》の置かれた机の前に座る鏡を見下ろしている。江戸で噂《うわさ》になり始めた女易者を、明らかに怪しんでいた。

鏡がじろじろと顔を覗いていると、しかめ面にさらに梅干しのようなしわが寄った。

「これは失礼。お役人様の役羽織は烏《からす》のような黒しか見たことがないもので、藍色とは珍しいと、つい見入ってしまいました」

男は何も言わなかった。鋭く強いが、居丈高というよりも、混じり気のない真《ま》っ直《す》ぐな眼差《まなざ》しをしている。見つめ合っていたら身体《からだ》が痒《かゆ》くなりそうだ。

「お手を。あなたさまの運勢も占って差しあげましょう」

「遠慮する。易者のまがいものに、拙者の運命など見定められるはずがない」

「ならば、そのまがいものに身の上話など訊《たず》ねず、さっさと捕らえてしまえばよろしいでしょう。奉行所のお役人様がお手先もつれずにお一人でいらしたということは、何かほかの御用があってのことではございませんか」

男の返事を待たずに、鏡は小振りな重箱ほどの大きさをした長方形の木箱を机の上に載せ、蓋を開いた。中には、折り畳まれた一枚の和紙と、米粉で作った偽物の小指が二本、入っている。

「これが江戸の娘たちがこぞって執心しているという、まじないの箱か」

「ええ。男と女がとこしえに添い遂げようと固く誓いを結ぶための道具です。まじないの箱だなんて胡散臭《うさんくさ》いと半信半疑でアタシのところへ来るおなごも多いものですから、こうして正しい作法に則《のっと》って作った見本を見せてやると、この箱が本物だと信じてくれるのです」

「心中箱か」

「そのとおりでございます」

「相対死《あいたいじに》は罪、それは知っておろう」

心中という言い回しは〝忠《ちゅう》〟の字を想わせる字面が良くないとされ、公式には相対死と呼ばれる。

相対死は重罪だ。二人揃《そろ》って死に損なったならば、二人とも三日晒《さら》しの後に非人手下《ひにんてか》となり、一方だけが仕損じたならば、生き残った方は下手人とみなされ首を斬り落とされる。仮に共に死ぬことができたとしても、骸《むくろ》は打ち捨てられ、弔うことも禁じられた。

「お役人様は近松門左衛門《ちかまつもんざえもん》の浄瑠璃の通人でしたか」

右頰にえくぼを浮かべ、おどけてみせる。

「何がおかしい」

「アタシは何も情死に手を貸しているんじゃありません。心中とは元来〝心中立て〟の意。男と女が互いの心の中を見せ合い、生涯心変わりすることはないと誓い合うことを指すのです」

とはいえ、心中と聞いて真っ先に相対死と思い込んでしまうのは、無理もない話だった。元《げん》禄《ろく》の頃から長きにわたって好まれてきた『曾根崎心中《そねざきしんじゅう》』『心中天網島《しんじゅうてんのあみじま》』といった浄瑠璃が男女の情死を扱っていたことで、心中すなわち情死であると、今ではすっかり意味が捻《ね》じれて人々に根付いてしまっているのだ。

心中箱を使った心中立てというのは、遊女が客を引き留めるために遊廓《ゆうかく》で用いる手練手管《てれんてくだ》の一つだ。

心中立てには、作法がある。

拵《こしら》えるべきものは三つ。箱、誓紙、そして互いの魂の欠片《かけら》だ。

誓紙には、熊野《くまの》神社の牛玉宝印《ごおうほういん》が刷られた和紙を用いる。牛玉宝印とは、幾羽《いくわ》もの烏が集まって文字の形になった〝烏文字〟が記された御神符のことだ。

この御神符の余白や裏面に「きしょうの事」と題して、一生涯互いを想い続け、破れば神仏に罰を当てられようとも構わないという誓いの文を、男女それぞれの指から垂らした血で認《したた》め、血判を押す。それから、烏文字をかたどっているすべての烏の目に血を垂らして赤く染め上げるのである。

その誓紙と、互いの魂の欠片を併せて箱に入れることで、心中箱はでき上がる。魂の欠片は生爪《なまづめ》や切った髪の束《たば》、本物の小指であったりと、いずれにせよ己の身から切り離されたものであることが大半であった。

そんな苦界《くがい》の外では縁遠い代物に、鏡は〝まじない〟という若い娘たちが心惹《ひ》かれそうな煽《あお》り文句を勝手に盛り込み、市井《しせい》でばら撒《ま》いていたのだった。

「禁はただ一つ。どちらかが、あるいはどちらもが誓いを破ること、それだけ。裏切りさえしなければ、幾久しく二人は結ばれるでしょう」

「くだらん。御神符の偽物を作ってばら撒くなど、罰当たりにも程がある。相対死をいたずらに促すことにもなりかねん」

「滅相もない。アタシが配り歩いているのは人情です。心中箱は金と運命に弄ばれて添い遂げることのできない二人が、いつまでも想いを一つにして生きていくためのかすがい。人を死に誘《いざな》う道具ではなく、この世に手を取り合い踏み留まるための心の拠《よ》り所《どころ》なのです」

「だが、それもイカサマをはたらくための方便であろう」

男は睨《にら》みを利かせたが、鏡に縄をかけようとする素振りは一向に見せない。

はあ、と鏡の口から溜《た》め息《いき》が洩《も》れた。

「きっとアタシはあのとき何かに憑《つ》かれてしまったのでしょう。男女が想い合って生まれる〝信実〟の絆、その極上の絆を、どうしてもこの目で見たいのです」

「結ばれぬ運命にある男女に心中箱を渡し、その二人が添い遂げる姿を見届けることで、姉の死が無駄ではなく、意味のあるものであったと得心しようとしているのか」

「ええ。お役人様も、よく似た野心をお持ちなのでしょう」

男の眉が一瞬だけ跳ねるように動いた。

「戯《たわ》けたことを。まだ易者の真似事《まねごと》をするか」

「易者でなくともわかります。そんなふうに殺気立っておられては、気づかぬ方が間抜けというものではありませんか」

「食えぬ娘じゃ」

短く零すと、男は佩刀に添えた手に力を込めた。

斬り捨てられるかと身構えたが、男は刀を抜くことなく、姿勢を正しただけだった。

「そなた、横浜《よこはま》で、易者ではなく綿羊娘《らしゃめん》に扮《ふん》してみる気はないか」

「らしゃめん？」

拍子抜けするあまり、変な声が出た。

綿羊娘。外国人の妾《めかけ》――洋妾《ようしょう》のことだ。

およそ一年前、安政《あんせい》六年の六月に横浜が開港し、英吉利《いぎりす》、仏蘭西《ふらんす》、和蘭《おらんだ》、亜墨利加《あめりか》――様々な国の人々が横浜の外国人居留地に住み始めた頃。まさに鏡がすえの死を見届けたあたりから、何かと噂話を耳にするようになった。

英国の捕鯨船や横浜沖の商船で外国人を相手に色を売っていた女たちが、寒さを凌《しの》ぐために綿羊の毛織物である羅紗綿を纏《まと》っていたことでらしゃめんと呼ばれるようになったことが名前の由来とされており、ついには外国奉行も外国人の妾になった娘をそう呼ぶようになったのだ。

「なぜアタシに異人の現地妻になれと言うのですか。横浜には港崎遊廓《みよざき》があるでしょう。彼らの情欲を満たすのなら、色を売ることに長《た》けた遊女たちに任せればよいではないですか」

刃向かうような口調に、男は首を横に振った。

「遊女では異人と深い仲になったところで、所詮《しょせん》はお上や外国奉行の息のかかった手先と、異人に用心を解かれず終《じま》いになる恐れがある。色を売ることを生業《なりわい》にしていない町娘だからこそ、敵の懐に潜り込むことができるのだ」

「綿羊の皮を被った間者になれ、と」

「左様。彼奴《きやつ》らの内情が知りたいのだ。お上や外国奉行に決して明かさぬような、色恋に惑い、血迷っていなければ口にしない秘事を、異人から引き出し、拙者に知らせてほしい」

「つまり、イカサマ師なら人を欺くことなどお手の物。その手管で異人を謀《はか》って骨抜きにし、秘めたる本心を引き出してみせよ、と」

今度は、首が力強く縦に振られた。

この男は一体、何者なのでしょう……?

疑念は残っていたが、口を噤《つぐ》み、言葉を呑み込むことにした。男が何者であろうと、鏡には関係がなかったからだ。

「英雄が色を好み、溺れるのは古今東西変わらぬこと。異人とて同じであろう」

「ええ、間違いありませんね」

「世の娘たちの心を摑《つか》み、胡乱《うろん》なまじない箱を広める手管を持つそなたならば、必ずや異人の目を奪い、惑わせ、魂震わす千両役者と相成るであろう。男女の絆の〝信実〟とやらを知ろうとする、そなたのただならぬ情念を見込んでのことだ。どうか一つ、頼まれてはくれないか」

鏡は顎に片手を当て、机の何もないところをじっと見つめた。

異国の男に肌を許し、破格の報酬を得る。結ばれるのは肉体であって心ではない。淡泊な契約という糸で繫がった、形ばかりの夫婦。だが、共に過ごすうちに背徳を帯びて生まれる想いもあるかもしれない。威吉に焦がれたすえのように。

そのような眩惑《げんわく》の渦中にこの心中箱を放ったら、一体、何が起こるだろうか。

江戸の市中で箱をばら撒いているだけでは見つからない男女の〝信実〟が、横浜の港町には眠っているかもしれない。

間者の任に乗じて港町で心中箱をばら撒き、〝信実〟を目の当たりにすることができたなら、いよいよ姉の死を納得できるかもしれない――。

そう思ったら、この願ってもない妙案に乗らない手はなかった。

「その頼み事、お引き受けしましょう。アタシは、鏡と申します、お役人様」

立ち上がり、鏡は笠を外して顔をすっかり露《あら》わにした。

伊佐《いさ》　其の一

まだ手習いにさえ通い始めていない、五つのとき。母を病で亡くしたばかりの頃のことだ。

伊佐は父の繁蔵《しげぞう》に連れられて、初めて日本橋《にほんばし》に行った。

深川《ふかがわ》の木場《きば》で木挽《こび》きを生業としている岩動屋《いするぎ》。その親方である繁蔵が、道具問屋の並木屋《なみき》に木挽き道具の大鋸《おが》を買いに行くというので、自分も行きたいと駄々をこねたのだ。

永代橋《えいたいばし》を渡った先、深川とは雰囲気の異なる町に、つい足元が軽くなる。はしゃぐあまり大《だい》八車《はちぐるま》とぶつかりそうになり、怒鳴られて我に返った。

握りしめていたはずの父の無骨な指が、消えている。いつもそばにある逞《たくま》しい背中も、どこにも見えない。

往来の中心で立ち止まる。行き交う背の高い影たちが圧《お》し潰そうと迫ってくる怪物に見えてきて、人の流れを遮るのも構わず、とうとう泣きだしてしまった。

「ほれ、泣きべそをかくんじゃない。せっかくの美人が台なしだよ」

通り沿いの屋台の店主が伊佐に手招きをした。

道行く人々から遠巻きに目を向けられるばかりで閑散とした店。台の上には、得体の知れない光る塊がずらりと並べられている。

店主は光る塊を一つ手に取り、駆け寄ってきた伊佐に握らせた。

透き通っていて艶《つや》があり、お天道様《てんとさま》の光を照り返す、紫色の石。伊佐は泣くことも忘れ、すっかりそれに目を奪われた。

「紫水晶ってんだ。異国の言葉ではあめじすとって言うんだよ」

腕を組む店主の前には、光る石がほかにもたくさん並んでいた。

「これは？　こっちのは何ていうの？」

伊佐が一つ一つを指さして訊《き》くたびに、店主は「これは煙水晶《けむりずいしょう》、そっちの隅っこのは黒曜石《こくようせき》さ」と得意顔で教えてくれた。

「兄さんは何屋さんなの」

「おれか？　おれは石屋さ」

伊佐は首を傾《かし》げた。石屋といえば大谷石《おおやいし》などの石材を扱う石問屋や、石垣や灯籠《とうろう》などを造る石工のことで、こんなふうに店を開いて何に使うかわからない石ころを売る生業のことではないはずだ。

「これ、何に使う石ころなの？」

「宝石は何にも使わねえよ。使わねえから、良《い》い。珍しい、美しいものってのは、ただ持っているだけで心が躍るんだ」

「ほーせき？　変なの」

そう言いながらも、伊佐は台にかじりついて次々に宝石を手に取った。空にかざし、食い入るように中を覗き込んではすぐに元の置き場所に戻し、結局、あめいじすとに手を伸ばしていた。

「それ、やるよ。持って帰りな」

店主が顔を綻ばせながらあめいじすとを顎でしゃくった。

「いいの、本当に？　ありがとう！」

あめいじすとを握りしめ、その場で飛び跳ねた。

そのあとすぐに、繁蔵が顔色を変えてすっ飛んできた。手を引かれて家路についた頃には、既に空は柿色に染まっていた。


あめいじすとを手にして以来、伊佐は〝石ころ〟というものが気になって仕方がなくなっていた。紫の輝きが、道端の光っていない石ころさえも伊佐の胸を熱くさせた。

伊佐は隙あらばそこら辺に転がっている石ころを拾い、お気に入りのものがあれば持ち帰るようになった。

そして、磨いたところでどうにかなるかもわからない塵芥《ちりあくた》同然のそれらを家中のありとあらゆる場所に並べては、ひとり悦に入った。ことさらに気に入っている選《え》りすぐりの〝石ころ衆〟は、どこへ行くにつけても両手いっぱいに携えていった。見かねた繁蔵が小振りな重箱ほどの大きさの木箱を作ってくれてからは、そこに詰め込んで持ち歩くようになった。

石集めが長屋の周辺だけで満足できなくなると、伊佐は十八町（約二キロメートル）ほど先の大川《おお》沿いまで足を伸ばすようになった。

木場から西へ火《ひ》の見櫓《みやぐら》を目指して走れば、深川と日本橋を繋ぐ巨大な永代橋の袂《たもと》に着く。そこには大川に沿って河岸蔵《かしぐら》が建ち並んでおり、蔵に沿って少し行くと、掘割《ほりわり》に架かる小さな橋と船着き場に辿《たど》り着《つ》く。

伊佐はこの船着き場の近くを毎日のように歩き回っていたので、「下を向いてうろうろしてたら危ねえだろう！」と、よく船頭や船宿で働いている人たちに叱られた。

運よく石工や石問屋から変わった石の欠片を恵んでもらえることもあった。しかし、あめじすとに匹敵する輝く石を手に入れることはついぞできなかった。

地面を睨むのに疲れたときは、火の見櫓の支柱に寄りかかってぼんやり大川を眺めた。掘割から大川への注ぎ口、河岸蔵の間から、壮大な永代橋とたくさんの船が見える。帆の美しい船から二、三人乗りの猪牙舟《ちょきぶね》まで、あらゆる船が行き交う様は見ていて飽きることがない。

とりわけ気になったのは、苫葺《とまぶ》きの屋根に覆われている舟だった。それらは常に船着き場の近くに何艘《そう》も浮かんでいた。船頭はいるものもいないものもあったが、いずれも粗末な屋根の下に女が座っていた。よく男の客がやってきて乗り込むのを見かけたが、浅草《あさくさ》なり日本橋なりに向かう足にしているのかと思いきや、誰も彼もが四半刻《しはんとき》（約三十分）から半刻（約一時間）ほどで同じ船着き場に戻ってきては、いそいそと舟を降りて帰っていくので、なおのこと不思議でならなかった。

「ねえ、あれはどんな舟なの」

ふと、船着き場で客を待っている船頭に訊ねてみたことがある。すると船頭は「そりゃおめえ、ありゃあ、船饅頭《ふなまんじゅう》だよ」と伊佐から目を逸《そ》らして答えた。

「舟の上で饅頭を売っているの？　船橋《ふなばし》屋みたいな菓子屋で売ればいいのに」

伊佐は地元の高級菓子店の名を挙げた。

「食いもんの饅頭のことじゃねえよ……ああもう、とにかく、あんまりじろじろ見ちゃいけねえよ」

船頭はぶっきらぼうに言い放ち、しっしと手を振った。

遊女屋での奉公の年季が明けてなお行き場のない女や、病におかされた女などが、それでも色を売って生きていくために、狭い舟の上で安値で客を取るのだという事情は、何年も後になってから知った。


齢《よわい》十八の立派な大人の女になっても伊佐の石ころに対する執着は留まるところを知らず、いつしか〝石ころ屋のお伊佐〟などという異名を付けられていた。

長屋のそこかしこに並べられた石ころ衆は、もはや溢れんばかりになっている。肌身離さず持ち歩いている小箱にも、宝物のあめじすとを取り囲むようにして、たくさんの石ころがひしめいていた。

「お伊佐ちゃんっ」

文久三年五月十一日、昼八つ（午後三時頃）。

端午の節句が過ぎ、軒先の菖蒲《しょうぶ》や鯉幟《こいのぼり》が片付けられて、いよいよ盛夏という時分。

表長屋の二階、伊佐が憂い顔で畳に座り、蠅帳《はいちょう》から取り出した黄粉《きなこ》餅を楊子《ようじ》で突《つつ》いていると、風鈴の音を裂いて戸口から少年が駆け込んできた。

干鰯《ほしか》問屋を営み、伊佐と繁蔵の暮らす長屋の大家でもある才葉屋《さいば》の長男坊、栄之助《えいのすけ》だ。

「洲崎《すざき》に汐干狩《しおひがり》に行こう。蛤《はまぐり》を取ってこようよ」

縞柄《しまがら》の着物の袖を摑んで揺さぶる栄之助。黄粉がはらはらと落ち、着崩れそうになる。島田髷に付けた髪飾りさえも落ちてしまいそうだ。

「こら、栄之助っ、お伊佐の着物を汚すんじゃないと、何度言ったらわかるんだいっ」

続けざまに般若面《はんにゃ》で駆け込んできた才葉屋の御内儀《おないぎ》が、土間から声を張り上げた。

「お気になさらず、御内儀《おかみ》さん。膝の上に少し落ちただけですから」

伊佐は黄粉餅を皿に置いて立ち上がると、土間まで歩いていき、膝の上に積もった黄金色の雪を払った。

「あれ？　繁蔵さん、まだ戻らないのかい」

部屋の壁に目を留め、御内儀が呟《つぶや》いた。壁には、繁蔵が毎朝仕事場に持っていくはずの大鋸が、吊《つ》り下《さ》げられたままになっている。

「ええ、あたしも気を揉《も》んでいたところです」

繁蔵は二日前の早朝に家を出たきり、帰ってきていない。

滅多なことで遠出はせず、出かけるにしても伊佐に行き先や用向き、いつ戻るのかを仔細《しさい》に伝えてから家を出る人なのに、その日の朝はたった一言「明日には戻る」としか告げなかった。

大鋸を振り返ると、くすんだ鋸《のこぎり》刃《ば》に眉尻の下がった自分の顔が映った。

ゴン、と部屋の隅で鈍い音がした。畳の上を転がって遊んでいた栄之助が、頭を柱にぶつけて呻《うめ》いている。

「こらっ」御内儀が畳に上がり、栄之助の襟首を摑んだ。

「離して！　おれはお伊佐ちゃんと洲崎に行くの。蛤を集めて、蛤奉行所を作るの！」

「もうすでに取ってきたやつがたくさんあるだろう。今日は越中島《えっちゅうじま》で砲術の調練もあると聞いたし、近づくのは危ないからお止《よ》し」

「へっ、おれはズドンなんて聞こえたくらいで怖気《おじけ》づくようなフヌケじゃねえから、心配はいらねえよ」

力強く言葉が放たれた途端、噂をすればとばかりに南の方でズドンと一発、轟音《ごうおん》が鳴った。栄之助が真っ先にうわっと跳びはねて尻餅をついた。

「ほら、言わんこっちゃない」御内儀が栄之助を助け起こしながら言った。

越中島は大川の河口にある寄り洲《す》だ。安政二年に講武所《こうぶしょ》付の調練場が作られ、文久三年の今は幕府が雇い入れた仏蘭西の軍人による砲術の調練が行われている。

大砲から弾が放たれる音と地面の揺れは、遠くまでよく届く。噂によれば、十里（約四十キロメートル）から十五里（約六十キロメートル）先まで達しているらしい。そのため、調練場からおよそ十二町（約一・三キロメートル）の距離にあるこの深川の町も、南から起こる小さな地震のごとき衝撃にしばしば晒されていた。

最初の頃は、誰もが常に得体の知れない兵器と隣り合わせという薄気味悪さに気を揉んでいたものの、次第に慣れっこになり、今では不意に轟《とどろ》く音に多少驚くくらいになっていた。

どちらかといえば、調練よりもすぐそこに異国の人がいるということの方が、人々を不安にさせていた。

「大体、お伊佐とは一昨日も汐干狩に行ったばかりじゃないか。そんなに暇なら手習いの往来《おうらい》物《もの》でもお読みっ」

「やだ！　だって、一番大きいお奉行様がいなくなっちまった。あれくらい大きいのがないと、いやなんだ……」

つい昨日失《な》くした自慢の蛤が忘れられないらしく、栄之助は昨日と同じ説明を始めた。

「店の裏にある、井戸くらい大きい瀬戸物の破片《はへん》入れ。あの蓋の上にお師匠さまにもらった菓子とお奉行様を挟んだ往来物を置いておいたら、いつの間にか猫が引っ掻いていて、追い払ったときにはもう菓子しか挟まってなかったんだ。猫を追いかけようとして破片入れをよじ登ったら、蓋が半分あいてたせいで中に落っこっちゃった」

栄之助は肩を落として俯き、破片入れに落ちた拍子に破片で切った頰の傷を、指先で突いた。

「そのあとすぐに、割れちゃった瀬戸物を直すために焼き継ぎ屋が来て、こんなところで遊ぶなって大目玉を食らった。叱られたあとも探してみたけど、どこにもなかった。一緒に遊んでいた子たちはずっとおれといたし、他に誰も通らなかったから、お奉行様はあのどら猫に攫《さら》われたに違いないんだっ」

「栄之助さん、気を落とさないで。手を出してごらん」

伊佐は栄之助に微笑みかけてから、壁際の茶箪笥《ちゃだんす》に向かった。引き出しから麻の袋を取り出し、栄之助が揃えて差し出してきた両手の上に中身をあけてやる。

「お奉行様だっ」

重みを確かめるように、栄之助は繰り返し上下に両手を揺さぶった。

「もし猫が持ち去るとすれば、甘い匂いのする菓子の方か、でなければ栄之助さんのおとっつあんが店に置いている干鰯でしょう」

蛤を胸に抱きしめた栄之助が、伊佐の目を見つめて頷《うなず》いた。

「栄之助さんは破片入れの蓋が半分開いていたと言いました。往来物が膨らんでしまうくらい大きく立派なお奉行様です。きっと往来物の間から滑り落ちて、瀬戸物の破片に混ざってしまったのでしょう。探しに戻ったときに見つからなかったのは、焼き継ぎ屋さんが瀬戸物を直すために破片入れの中身を全部持ち帰ったから。焼き継ぎ屋さんに聞いてみたら、すぐに返してくれましたよ」

「すごいや、お伊佐ちゃん。ありがとう」

飛び跳ねてはしゃぐ栄之助。その襟首を、御内儀が戸口の方へ引っ張った。

「見つかってよかったじゃないか。さあ、帰りますよ」

「やだあ。お伊佐ちゃん、助けてえ」

「栄之助さんが手習いに懸命に取り組めたら、また立派な蛤が山ほど取れる季節に行きましょうね。洲崎は面妖な石がたくさん拾えるので、あたしも愉《たの》しみにしていますから」

暴れる栄之助の頭を伊佐が撫でた。〝石ころ屋〟だからこそ〝蛤屋〟の気持ちは痛いほどよくわかる。

「はあ……」

御内儀は表情を曇らせた。

「若い娘たちはみんな、妙ちきりんな心中箱とかいうまじないに夢中だっていうのに、あんたときたら、そういうもんには見向きもしないんだから」

心中箱。いまや江戸の町中、その噂でもちきりだ。

なんでも、結ばれぬ運命にある男と女が作法に則って箱を作ることで、想いが通じ合い、添い遂げることができるのだとか。三年ほど前、江戸のそこかしこに出没していた女易者だか熊野比丘尼《びくに》だかが配り歩いていたせいで広まったようだ。最近ではその姿を見たという話はめっきり聞かなくなったものの、その箱とまじないは、いまや町娘の間で勝手に広がっていっているらしい。

「拵えた箱に、好き合う気持ちを血で認めた誓紙と、魂の欠片を封じる。素敵ではありませんか。あたしも想いを込めて石ころ衆をこうして箱に収めています。特にこのあめじすとは蓋を取るたびに光を浴びて輝きだすのです。ほら」

伊佐は黄粉餅の皿の脇に置いてあった箱を手に取り、汚れの付いていない手をさらに念入りに拭ってから揚々と蓋を外した。

差し込む陽の光でみるみる輝きを帯びていく伊佐の〝魂の欠片〟を前に、御内儀は頰をひくつかせた。

「心中箱に入れる魂の欠片というのは、そんなわけのわからないものじゃなくて、髪とか爪みたいな人の身体の一部だって聞いたよ」

「わけのわからないもの――」

勢いよく開いた蓋を、今度はゆっくりと被せた。

「まじないの方が、よっぽどわけのわからないものではありませんか。所詮は、迷信でしょう?」

握った木箱が短く軋んだ。伊佐の顔を覗き込んでいた栄之助が、びくりと肩を震わせ御内儀にしがみついた。

伊佐は繁蔵と同じく、信心深い性分ではない。目に見えないものへの関心は、そこら辺の人々よりも、ずっと薄い。

「心中箱だなんて、万一、そんなわけのわからないものに、結ばれぬ運命の二人を繋ぐ力が本当にあるというのなら、その力とやらで、ぜひとも、この箱に詰まっている輝きを共に歓《よろこ》び尊んでくださる殿方とご縁を繋いでみせてほしいものです」

投げやりなふうに言い放つと、御内儀がハン、と鼻を鳴らした。

「そんなすきものの殿方、深川中駆けずり回ったって見つかりっこないだろうね」

御内儀は首を横に振ると、口を尖《とが》らせている栄之助の手を引いて去っていった。

その背中を見ながら、伊佐は少しだけ切ない気持ちになった。

伊佐はもう十八だ。しかも、深川一の木挽きと言っても差し支えない岩動屋の親方の娘である。一人娘だが、繁蔵はどういうわけか婿養子を取ろうとはせず、伊佐は余所《よそ》に嫁がせ、岩動屋は弟子の誰かに継がせようとしていた。

そんな繁蔵の意向で、伊佐にはこれまで星の数ほど縁組みの話が舞い込んできていた。だが、相手と顔を合わせるたびに伊佐が目を爛々《らんらん》とさせて石ころを披露するせいで、一つ残らず破談に終わっていた。

　木箱を皿の隣にそっと置き、黄粉餅を口にしようとすると、再び慌ただしい足音が近づいてきた。

「お伊佐、繁蔵さんは」

　栄之助の父親の才葉屋新之助《しんのすけ》だった。この長屋の大家は、ぐるりと首を回して部屋を眺めたあと、青い顔を伊佐に向けた。

「変わらず戻っておりませんが……」

　思わず、楊子に刺した黄粉餅を持ったまま上《あ》がり框《がまち》まで歩み寄る。同時に、別の人影が新之助を脇へ押しのけ、土間に立ちはだかるようにして立った。

　深い藍色の紋付き羽織と袴を纏い、刀を二振佩した若い侍。目の奥の方に焔のような狼のような、すべてを呑み込もうとするような熱気を孕《はら》んでいる。

「神奈川奉行所調べ役、粟菱寿衛郎次《あわびしすえろうじ》と申す」

　侍は紙に記した文字を読み上げるように、ゆっくりと名乗った。

　胸がざわついた。

　神奈川奉行所は開国に合わせて設けられた新しい奉行所だ。奉行をはじめ、目附役や調べ役など、置かれた役人の大半は外国奉行の役人らが兼任していると聞く。

　だが、ここは深川だ。何かあったにしても、訪ねて来るとすれば、江戸の町奉行所の役人のはずである。

粟菱と名乗った侍は表情を硬くし、伊佐を見据えた。

「岩動屋繁蔵に殺しの嫌疑が掛かっている」

「こ、殺し」

伊佐の手から落ちた黄粉餅が粟菱の雪駄の爪先を掠《かす》め、土間でぺしゃりと音を立てた。

「生麦村《なまむぎ》の一件は知っておろう」

「え、ええ。昨年横浜の方で騒動があったと伝え聞いてはおりますが……」

文久二年八月二十一日、横浜の生麦村近くを薩州《さっしゅう》の藩主の父、島津久光《しまづひさみつ》の行列が通過した際、英国人四人が下馬せずに行列を遮り久光の駕籠《かご》に接近したため、無礼と憤った薩州藩士らによって襲撃された騒動だ。襲われた四人のうち一人が絶命し、二人が傷を負ったという。

英国は猛然と怒りを露わにし、幕府に二十万両を、薩州藩に五万両を償金として支払うように求め、さらに手を下した薩州藩士を死罪とするように求めた。

だが、薩州藩は無礼討ちは国法であると言い張り、下手人を差し出すどころか償金の支払いさえも拒んだ。

幕府もまた、償金の支払い期日をぐずぐずと延ばし続けた。

とうとう横浜の外国人たちは業を煮やし、もとより停泊していた英国軍艦三隻に加え、仏蘭西、和蘭、亜墨利加の軍艦まで横浜沖に結集させる一大事となった。

欧米諸国の圧に耐えかねた幕府は償金の支払いを英国に約束した。そして、その償金は二日前の五月九日に、英国が公使館を置く東禅寺《とうぜんじ》へ運ばれたはずだった。

「繁蔵は尊王攘夷《そんのうじょうい》の志を抱く浪士らと共に、東禅寺の近くで金箱を運ぶ行列を襲い償金を強奪しようとした。そればかりか、騒動のさなかで罪のない娘を一人、殺《あや》めたのだ」

嫌な汗が伊佐の身体中から噴き出した。

「殺められたのは行列を見物していた娘だ。浪士を率いていた〝鉄砲八〟の異名を持つ秩父八《ちちぶはち》左衛門《ざえもん》という者が短銃《ピストル》で金箱を撃ち抜こうとしたとき、狙いが逸れて見物人の娘の胸を貫いた。繁蔵は虫の息で倒れていた娘の首を非道にも斬り落とし、どこかへ持ち去ったのだ」

「父がそんなこと、するはずありませんっ」

「繁蔵がやったという証が、騒動のあった場に三つも残されていたのだぞ」

粟菱の怒気を孕んだ声が、伊佐の威勢を遮った。

「第一には、娘の首を落とした大鋸が残されていたことだ。役人が現れる前に早々と娘の首を斬り落として持ち去るなんて、道具を扱い慣れた木挽き職人にしかできぬ業だ」

大鋸――木挽き職人が丸太を切って材木を作るために使う巨大な鋸だ。片刃の鋸身は長さが二尺八寸（約八十五センチメートル）、幅が一尺（約三十センチメートル）とかなり大振りである。木目を見極め、一貫二斤（約五キログラム）もある鋸そのものの重さを利用して切るため、使いこなすには熟練の腕と経験を要する。

「大鋸を扱い慣れた木挽き職人ならば、父に限らずいくらでもいるでしょう。それに、父がいつも使っている大鋸は二日前の早朝から変わらずそこにあります。なぜ父を下手人と疑うのですか」

伊佐は壁に吊り下げられている大鋸を力強く指さした。

型は古いが手に馴染《なじ》み良い仕事をさせてくれる相棒なのだと、繁蔵はいつも口にしていた。

いなくなる前日に夕餉《ゆうげ》を共にした際にも、一年前の晩春から右手の親指の腹に陣取っている大きなマメを愛おしむようにさすりながら、そう話していた。

「凶器となった大鋸の出所は、並木屋という道具問屋だった。先程話を聞いてきたところ、並木屋の主人は『業物のごとき格別に切れ味の良い一本を至急頼むと岩動屋から注文があった。一昨日の朝に受け取りにきたのも岩動屋だった』と言ったぞ。『こだわりの強い岩動屋の旦那が鞍替《くらが》えなんざ、どういう風の吹き回しかねえ』と首を傾げていたな」

これまで繁蔵は岩動屋の木挽き道具をほぼすべて並木屋から買っていたが、同じ大鋸しか注文してこなかった。

唖然《あぜん》とする伊佐を前に、粟菱が続ける。

「第二には、一昨日の昼九つ（午前十二時頃）、つまり強盗騒動の直前、繁蔵が騒動の場にほど近い品川《しながわ》に宿を取っていたことだ。三津田《みつだ》屋という飯盛旅籠《めしもりはたご》の宿帳に残っていた。宿の者たちをはじめ、幾人もが繁蔵の姿を見ていた」

二日前の騒動が起こったという日、確かに繁蔵は朝早くに長屋を発《た》った。昼九つに繁蔵が品川の旅籠屋に出向くこと自体は無理ではない。

「高輪《たかなわ》にある東禅寺は品川宿から確かに近いですけれど、騒動と父の宿泊は結びつかないはずです」

「それが結びつくのだ。娘を撃った〝鉄砲八〟はいまだ行方知れずだが、ほかの浪士らは騒動のあとにこの三津田屋の座敷に上がり込んでいる。酒宴を始めたところに異人の警固を担う外国御用出役が追いつき、乱闘になったのだ」

「その乱闘の場に父もいた、と」

「繁蔵と思《おぼ》しき男は浪士らが押し寄せる寸前までは確かに部屋にいたが、その後の行方は知れない。乱闘のどさくさに紛れて宿から姿を消したのだろう、と旅籠屋の主人は言っていた」

雪駄の底の尻鉄《しりがね》が、土間に擦《す》りつけられてカツカツと鳴った。

「第三に、繁蔵には騒動に与《くみ》する理由があったのだ」

粟菱は懐から一枚の紙を取り出し、伊佐に差し出した。

紙はくしゃくしゃで所々に血の痕が付いていた。「金子《きんす》借用《しゃくよう》手形《てがた》之《の》事《こと》」と題されたその書面には、金百両を岩動屋繁蔵が文久二年五月に借り受けた、とある。

血判に使われた指の大きさや筆跡などは、繁蔵のものだと言われれば、そう思えてくる。

親指の血判は、指の輪郭がわかるほどにくっきりと欠けることなく押されている。

「麻布《あざぶ》の素金《すがね》に向けて振り出された手形だ。それが繁蔵に首を落とされた娘の骸が着ていた、黄金色の友禅染に赤紅《あかべに》の裏模様という派手な着物の上に落ちていた」

素金は高利貸しだ。質屋と違い、質入れする物がなくとも借りることができるため、並みの町人でも金を工面できる。

「一年前に百両も……入り用は何もなかったはずです」

「昨年の盆と暮れの二回で返しきる約束だったが、いずれも踏み倒したようで、次の盆には必ずと、そこに書き添えられている」

「この借りた金を返すために、父が金箱を強奪しようとした、と」

「現にこうして手形がある。動かぬ証だ」

「深川にも素金はいます。なぜわざわざ麻布に」

「大家や近しい者たちに、首が回らなくなったことを知られたくなかったのではないか」

「そんな乱暴な……。たとえそのお見立てが正しかったとしても、関係のない娘の首を落とす理由はないはずです」

「関係がないとは思えんな。首を斬られたのはこの麻布の素金の娘だったのだぞ」

伊佐は思わず眉をひそめた。

「繁蔵は金を借りたときに娘の顔を見て知っていた。ゆえに騒動の場で娘を見つけ、ひどく狼狽《うろた》えたのだろう。鉄砲八が娘を撃ったことが追討ちとなって錯乱し、娘の首を落として持ち去ったのではないか」

「出鱈目《でたらめ》を言わないでください。落とした首を持ち去って、どうしようというのですか。落とされた娘の首は見つかっているのですか」

「いまだ見つかってはおらぬ」

「見つかっていないのに父が持ち去ったと決めつけるだなんて。そもそもなぜ麻布の娘が高輪に出向いてまで行列の見物なんかしていたのでしょう」

身体の脇で拳を震わせる伊佐に、粟菱は重々しく口を開いた。

「娘は英国人の洋妾、綿羊娘であったそうだ」

「らしゃめん……」

異国からやってきた男の妾となった娘のことだ。貧しい家の娘がなることが多いと聞くが、裕福な商人の娘がなるとは、あまり聞いたことがない。

「昨今は異人の羽振りの良さに惹かれ、自ら進んでその道を選ぶ娘もいると聞く」

伊佐の胸中を察したように粟菱が言った。

「首を斬られ、持ち去られるという憐れ極まる末路。かりそめの関係に溺れた天誅《てんちゅう》、ということになろうか」

粟菱は肩越しの壁の大鋸に目を向け、誰にともなく呟いた。

「本当にそうでしょうか。異人はあたしも恐ろしゅうございます。舞い込んでくるのは不可思議な噂ばかり。けれど、そのような噂を信じるに足る証は何一つないのです。たとえば、そう、巷《ちまた》で心中箱が何の裏付けもなくその効力を信じられているのと同じ、迷信の類ではないですか」

「心中箱……」

粟菱は嚙《か》み締《し》めるように言った。

「そなたは心中箱を信じていないのか」

「信じていません」

きっぱりと言い放つと、安堵《あんど》したふうに綻んだ表情を返された。

この男は、本当に敵なのだろうか。

足元から、黄粉のにおいが立ち昇ってくる。蚊遣《かや》りから漂う燻《いぶ》された杉の葉のにおいと混ざり合って、つんと鼻の奥まで入り込んでくるようだ。

「半年ほど前のことだ。横浜港崎の花魁《おいらん》が一人、まさに米国の武器商人に買われてこれから床に入ろうというときに自刃を遂げたという。痛ましく思うが、これもまた開国がもたらした惨劇に相違ない」

「それは、おいたわしゅうございます。けれど――」

「何が開国だ。異人が土足で踏み入ってきただけではないか。無礼者どもを野放しにしておくなど、神武開闢《かいびゃく》以来の椿事《ちんじ》。お上も幕吏も彼奴らを放逐できぬと匙《さじ》を投げるのなら、勤皇の志士たちが立ち上がり成し遂げるまで」

有無を言わさぬ圧に、伊佐は圧倒された。

藍染めの鮮やかで美しい羽織。役人のお仕着の羽織は黒だと思っていたので、どことなく偽物のように思えてしまう。

「粟菱様の物言いは、異人ばかりか、異人に毅然《きぜん》と立ち向かえずにいるお上さえも憎んでいるようではありませんか。まるで――」

「お伊佐っ、狼狽えるのはわかるが、どうか落ち着いてくれ」

新之助に遮られた。

伊佐は我に返り、一歩、二歩と後退《あとずさ》ると、真正面から粟菱の顔を見据えた。斬り捨てられるかと身構えたが、粟菱は激昂《げきこう》するでもなく、ただ苦々しい顔で、「戯けたことを言うおなごだ」と零しただけだった。

「粟菱様が何とおっしゃろうと、父は強盗も首斬りもしていないと、あたしは信じています。せめてこの町の人々に、父のことを聞いて回ってください。誰一人、父を悪く言ったりはしないでしょう」

粟菱は顎に手を当てて押し黙った。

「お伊佐さん、てえへんだ！」

繁蔵の弟子の一人が土間に飛び込んできた。

「どうなさったの、そんなに慌てて」

「親方が見つかったよ。永代橋んとこだ」

「えっ」

伊佐と粟菱が揃って声を上げる。

「やっと帰ってくるのね、よかった。永代橋からは真っ直ぐこちらへ戻ると？」

弟子はもごもごと口籠っていたが、伊佐の眼差しに急《せ》かされて口を開いた。

「いやあ、そ、それが……」

「死んでたんです。真っ黒焦げで、苫舟に乗っていたとか。今、骸は引き上げられて川っ縁にあります。御奉行所からもお役人様方がもうすぐ見えるそうで……」

伊佐の手指が、痺《しび》れたように強張《こわば》った。


利那の出来事であったと聞いた。

調練場のズドンという揺れが続くなか、大川に浮かんでいる一艘の船饅頭の苫舟が、にわかに燃え上がったのだという。

別の舟の船頭や猪牙舟の利用客、船宿や通りすがりの者たちはみな、苫屋根の端から覗いていた女物の着物が火に巻かれながら川に落ちるのを見た、と口を揃えた。

火消しとその場に居合わせた男衆によって火が消され、それから一体の骸が引き上げられた。程なくして、苫舟は崩れて川底へ沈んでいった。

乗っていたはずの船饅頭の女はまだ見つかっていない。死んだのか、川に落ちて命からがら逃げおおせたのか。いずれにせよ、舟の上に残されていた骸は繁蔵のものだけだったという。

「おとっつあん、そんな……」

川縁で伊佐は顔を両手で覆い、くずおれた。

変わり果てた繁蔵は、全身が煤《すす》と火傷《やけど》で黒く変色し、着物も大部分が燃えてしまっていたが、人の形は留めていた。顔も繁蔵と判別できた。

伊佐は繁蔵の身体の脇に置かれた両手を見て、ううっと呻いた。すべての指がすっかり焼け爛《ただ》れて潰れ、ほとんど平らになっていた。

投げ出された足に目を向ける。指は黒くなってはいるが、爪まで綺麗に生え揃っており、一本たりとも焼け爛れてはいなかった。

「なんで、よりにもよって手だけ……こんなのあんまりです」

手は職人の魂そのものだ。たとえ道で躓こうが不意に物が飛んでこようが、繁蔵は伊佐の次に手を庇《かば》っていたくらいだ。それなのに。

「仏さん、そんなもんを持ってたみたいだよ」

骸を引き上げるのを手伝った船宿の主人が、繁蔵の骸の近くを指さした。

煤けた板切れが置かれている。手に取ると、ひどく湿っていた。

板切れは一見、幕府が発行する鑑札のようだ。表面は黒くなっていたが、大きく書かれた五文字だけは読み取ることができた。

「岩亀楼《がんきろう》……潮騒《しおさい》？」

顔を上げると、船宿の主人と目が合った。主人はバツが悪そうに船宿に戻っていった。

繁蔵の骸と二人きりになると、伊佐は鑑札を懐に入れた。繁蔵の死に関わりがあるに違いないと思ったからだ。

粟菱が居合わせなかったのは、幸いだったかもしれない。てっきり永代橋まで付いてくるかと思ったが、町奉行所の役人が来ていると知るなり、どこかへ去っていった。いずれにせよ、焼けた骸を前にして、自分の父を強盗だ首斬りだとのたまう男に毅然と応じる力は、伊佐には残されていなかっただろう。

「おとっつあん、なぜ……」

すっかり日が暮れてから、伊佐は疲労困憊《ひろうこんぱい》して長屋に戻り、行燈《あんどん》すら灯《とも》さず畳の上に座り込んだ。

身体が動かない。

伊佐は板切れを胸に抱いて夜を泣き明かした。

繁蔵の骸を検《あらた》めた町奉行所の役人は、初めから船饅頭と繁蔵の相対死を疑っていたようだった。しかし、肝心の女が見つからないこと、繁蔵の周りにそれらしき女の影が浮かんでこないことなどから、結局、相対死扱いはされず、どうにか弔うことを禁じられずに済んだ。

四十九日の法要が済み、ようやく落ち着いたのは、七夕が終わった頃だった。

伊佐は仏壇の前でしおれた花のように頭《こうべ》を垂れ、手を合わせた。

母一人だったときよりも、線香の香りがずっと濃くなった。

「おとっつあん、どうして死んでしまったの……言ってください、強盗などしていない、誰も殺めてなどいない、と。伊佐にいつもと変わらぬ元気な姿を見せて……」

顔を上げ、壁の大鋸を見上げる。

繁蔵はたとえ金に困っていたとしても、強盗や人殺しをするような悪党ではない。

伊佐には、繁蔵を罪人と示す証の数々が、まるで何者かが繁蔵に濡《ぬ》れ衣《ぎぬ》を着せようとして揃えたもののように思えてならなかった。

粟菱が繁蔵を下手人と考える、三つの証。

それらは、第一の証からして、すでにおかしいのだ。

そもそも誇り高き木挽き職人の繁蔵が、己の右腕のごとく大切にしている木挽きの道具を、人を傷つけるために用いることなどあり得ない。

本物の下手人があえて大鋸で娘の首を落として大鋸を残し、繁蔵の仕業に見せかけようとしたのではなかろうか。並木屋に行き、岩動屋になりすまして凶器の大鋸を買ったのも、そのためだろう。

第二の、品川に宿を取っていた件。

旅籠屋で繁蔵が浪士と言葉を交わしている姿を見た者がいるとは、粟菱も言っていなかった。

それに、近場の品川宿ではすぐ追っ手に追いつかれるだろう。どうしてもっと離れた宿まで逃げなかったのか。品川に泊まらねばならない事情があったとすれば、名を偽り、装いをごまかすなどして素性を隠すはずだ。

第三の証も、あからさますぎる。

素金の主人ならともかく、その娘を殺めたところで、借金をなかったことにできるはずもない。それに、繁蔵の署名と血判の押された金子借用手形が娘の上に落ちていたというが、何者かがわざと手形を落としたのではなかろうか。

伊佐は唇を強く嚙みしめた。

どれも、繁蔵が下手人でないという見込みの上に成り立つ、都合の良い伊佐の推論にすぎない。繁蔵の身の潔白の証とはなり得ないのだ。

「いいえ、想像ばかりで父を下手人と決めつけているのは、お役人様方だって同じではありませんか」

誰もいない部屋で線香の煙に問いかけた。

外国奉行は明らかに焦っている。開国後に押し寄せた諸外国の相手は混迷を極め、ことに英国との関係の拗《こじ》れは一層深刻であると聞き及んでいる。

たとえ無実の者に濡れ衣を着せることになったとしても、英国に差し出す首がないよりはマシだと考えていてもおかしくはない。

「ううっ、うっ」

肩を震わせ、焼けた板切れを抱きしめて啜《すす》り泣《な》く。大体、なぜ繁蔵はこんな板切れを持っていたのだろうか。わからないことだらけだ。

「久しいな、お伊佐さん」

丸めていた背中に穏やかな声を浴びせられ、振り返る。眉の薄い、爽やかな顔立ちをした、二十歳を過ぎたばかりの年頃の男が腰高障子を閉めて入ってくるところだった。

「まあ、幸正《ゆきまさ》さん！　お久しぶりです」

二年前まで繁蔵のもとで働いていた弟子の一人だった。

問屋への買い物などの使いに始まり、木材の目利きや仕入れはもちろん、口下手な繁蔵の代わりに岩動屋の名を背負って客と交渉にあたることもあった、繁蔵が実の息子のように大切にしていた男だ。木挽きの腕も繁蔵を唸らせるほどで、伊佐も兄のように慕っていた。だが、二年前の仕事中に手に大怪我《おおけが》を負い、志半ばで職人の道を断たれて木場を去って以来、それきりになっていた。

職人の頃から打って変わった、着物に羽織という風体をまじまじと眺める。

幸正は仏壇に目を向けた。

「親父殿《おやじ》が亡くなったと聞いたよ。お伊佐さんもすっかりやつれちまって。これでも食って笑顔を見せてくれよ」

幸正は勝手に棚から皿を出し、持ってきた船橋屋の練羊羹《ねりようかん》を載せた。

「ありがとう。父も幸正さんが来てくれて、きっと喜んでいることでしょう」

伊佐は幸正に仏壇の前を譲った。幸正が線香を仏壇に手向け、手を合わせる。

おりんが鳴り止むと、懐かしさなのか気まずさなのか、かすかに場が張り詰めた。

「まだ石ころなんか集めているのか、変わらんなあ」

茶箪笥の上に並べられた石ころ衆を眺めて、幸正が言う。

「お伊佐さんが石ころにかまけて嫁の貰い手《もらいて》も見つからないまま娘盛りを過ぎそうなもんだから、親父殿も大層気を揉んでいたんだろう。御内儀さんが亡くなってから目に見えて老け込んじまってたが、親父殿もやっぱり男だったってことなんだろうな」

「幸正さんまで、父が船饅頭と情死したと思っているの……」

伊佐が言うと、幸正は取り繕うように薄く笑った。

「船饅頭の苫舟で骸が見つかったんだ。親父殿を庇いたい気持ちはわかるが……」

「何者かがそう思わせようと細工をして、父を殺めたのかも」

「あの親父殿を恨んでいるやつがあるもんかよ」

もっともなことだ。繁蔵に敵対心や憎悪を抱いている者がいるとすれば、繁蔵を下手人と睨んでいたあの粟菱とかいう侍くらいしか思い当たらない。いや、あるいは――。

「岩亀楼の、潮騒さん」

手元を見下ろし、書かれた文字を読み上げた。幸正が顔をしかめる。

「なんだその板切れは。潮騒とは誰だ。船饅頭の名か」

「わかりません。父の骸が持っていたというこの板切れに、そう書いてあるのです」

「親父殿がその潮騒とかいう女に殺められたと思ってるのか」

「そこまでは何とも。けれど、父がこの板切れを持っていた以上、潮騒さんとやらは父の知り合いだったのでしょう。何か事情を知っているかも……」

声の終わりはか細くなって、線香の煙に掻き消された。

「骸が見つかった日、お役人が訪ねてきて何やら話し込んでいたと小耳に挟んだが、奉行所が相対死と睨んでいたのなら、そういうことなんじゃないのか」

「ここへ訪ねてきた御方は、町奉行所のお役人様ではないのです。神奈川奉行所の調べ役を名乗っていました。父を下手人と疑って捜していたようで……」

「親父殿が、下手人だって？」

面食らう幸正に、伊佐は繁蔵にかけられた嫌疑を打ち明けた。

「どの言い分も強引でとても納得できません。苫舟の炎上にしたって、なんで、どうしておとっつあんばかりがこんな目に……おとっつあん、あんなに真面目で、欲をかくこともなくて、優しくて、何にも悪いことなんかしたことないのに、ううっ」

「お伊佐さんが親父殿がやったんじゃねえって言うんなら、きっとそうなんだろう。悪いのは今もどこかでのうのうとしていやがる、本物の下手人だ」

幸正は渋い顔を作って腕を組んだ。

部屋が不意に静まり返る。

すると、両隣の壁から、ひそひそと声が聞こえてきた。

「真っ黒焦げだったそうじゃねえか。あの実直な親方がねえ」

「女の骸は見つかってねえらしい。怖気づいて逃げたんじゃなかろうか。あるいは繁蔵さん、謀られちまったのかもなあ」

表長屋といえども壁は薄い。隣家の声など筒抜けで、知りたくない噂もこうして耳に入ってしまう。

繁蔵が苫舟で無惨な死を迎えたことは既に深川中に知れ渡っている。それまで親しくしていたご近所さんたちまでもが掌を返したように伊佐を避け、繁蔵や岩動屋の陰口を囁くようになった。

「いいかげんにしねえか、てめえらっ」

幸正が畳を踏み抜く勢いで立ち上がり、壁を蹴った。茶簞笥の上の石ころ衆がぶつかり合って音を立てる。

「やめて、幸正さん」

「けどよ！」

伊佐に宥《なだ》められ、幸正は渋々あぐらをかいた。気は短いが、幸正が声を荒らげるのは、いつも伊佐と繁蔵を想ってのことだ。それは、二年前から変わっていない。

「ときにお伊佐さん。あんた、これからどうすんだ」

質素な部屋を眺め回しながら幸正が言った。

貧しきに窮した覚えがないとはいえ、江戸の町人というものはその日暮らしが常で、金を蓄え備えるという考えを持つ者はほとんどいなかった。

「才葉屋の旦那様が、早急に縁組みができるように取り計らってくださるそうです。木場には腕利きの木挽き職人が大勢いますから、婿を取って岩動屋を続けたらよいと言ってくれました。家財を質に入れようとしたところ、家賃なら幾日かは待てるからと、御内儀さんも気を遣ってくれました」

これまでなら、岩動屋の屋号を継げるとなれば、弟子でなくとも、若くて腕が立つ男は半日と経《た》たぬ間に見つかっただろう。だが。

「親父殿の評判はおれもよく知っているが、これだけの騒動があったあとで婿なんか見つかるもんか」

「そうは言っても、ほかに道はないですから。本当は父の無念を晴らし、名誉を守りたい。けれど、父の遺した岩動屋を絶やさないようにすることのほかに、あたしのような何の取り柄もない町娘にできることなんて、ありませんから」

幸正の前だというのに、涙が溢れそうだった。

「いいや、まだ諦めちまうのは早い。親父殿の無念を晴らし名誉を守ること、あんたにできるかもしれないぜ」

幸正がパンと膝を打った。

「おれは今、須賀屋《すかや》という屋号で横浜に店を持っている。慶庵《けいあん》っつって、いわゆる周旋業……若い娘と外国の旦那方の間を取り持って上手《うま》いこと引き合わせる口入れ屋の生業で、それなりに儲《もう》けてんだ。木挽きは続けられなかった。手をやっちまってからは重いもんはろくに持てなくてね」

そこまで言うと、幸正は大きく息を吸い込み、伊佐に向き合って両手を取った。

「有り体に言っちまおう。お伊佐さん、あんた、横浜で綿羊娘にならないか」

「らしゃめん……」

繁蔵が首を斬って殺めたと言われている娘も、綿羊娘だったはずだ。

自らの意志で洋妾の道へ踏み込んだ麻布の素金の娘。粟菱はそんな娘を、かりそめの関係に溺れたのだから天に誅《ちゅう》されてしかるべし、と評していた。

華美贅沢《かびぜいたく》を欲するあまり異国の男に抱かれるを良しとした娘も、なかにはいるのかもしれない。だが、伊佐はそう容易く割り切ることはできなかった。娘たちはそれぞれに、計り知れない深い事情やあらゆる葛藤を抱えて、異国の男に娶《めと》られる道を選んだのではないかと考えずにはいられなかった。

「綿羊娘になるということは、つまり、その、異人の殿方に囲われるということですか。幸正さんは娘たちを外国の殿方にすすめていると」

「まあ、そういうことになるな」

一息に緊張が背筋を駆け上った。ひどい手汗のおかげで、握られていた手を滑るように引き戻すことができた。

まさか自分が、綿羊娘に誘われる日が来るなんて……。

本心では、断ってしまいたかった。

繁蔵の名誉を守れるかもしれないと言われても、やはり未知の世界に踏み込むとなると、足が竦《すく》んでしまう。

「あたしのような美人というわけでもない町娘を、金を払ってまで妻に迎えようと思う異人の殿方など、いるはずありません」

「いいや、いくらでもいるぞ」

幸正があっけらかんと返した。

「素人がいいんだ。妓楼《ぎろう》の遊女はいかにも玄人《くろうと》といった振る舞いで、どうにも男の心が沸き立たねえんだと」

「男の心……」

そんなもの、わからないし、知りたくもない。

「あたしは三味線のお稽古くらいしか通ったことがない、芸のないおなごですよ」

「充分だ。何もできなくたって構わねえよ。江戸娘はことさら人気なんだ。田舎の娘とは違うと、誰も教えちゃいねえのに外国の旦那方はいつの間にやら心得ている。日本での暮らしが長くなるにつれて、段々と目が肥えてきてやがるんだ」

目を泳がせる伊佐に、幸正は顔を近づけた。

「外国の旦那に上手く取り入ることができれば、あとはこっちのもんだ。金銀細工の豪奢《ごうしゃ》な品々をたっぷり買ってもらえて、食うものにも困らねえだろう。長屋の暮らしが悪い夢だったと思うようになるさ」

「そんなもの要りません！　あたしにはここでの暮らしが性に合っておりますので」

繁蔵との慎《つつ》ましく穏やかだった日々を否定された気がして、つい口調が強くなった。

「大体、幸正さんはどうして、あたしが綿羊娘になることで父の無念を晴らし名誉を守ることができると言うのですか」

「この黒い板切れを見て、思い浮かんだのさ」

幸正は居直り、伊佐の手元を顎でしゃくった。

「この板切れは、異人館付の綿羊娘が奉行所から肌身離さず持ち歩くように言いつけられている鑑札だ。異人館は岩亀楼にある」

「岩亀楼……」

「そう、横浜の港崎遊廓で一番でけえ妓楼さ」

幸正は力強く頷き、「岩亀楼　潮騒」の文字を指さした。

「親父殿がなぜこんなものを持っていたのかはわからねえが、もしこの鑑札の持ち主の潮騒とかいう綿羊娘が岩亀楼の異人館にいるとしたら、見つけ出して話を聞けるかもしれねえだろう。そうなれば、親父殿はなぜ死んだのか、どうして潮騒の鑑札を持っていたのか。わかるかもしれねえ」

「綿羊娘にならないと潮騒さんを訪ねることはできないのですか」

「その鑑札のとおりなら、潮騒は遊女ではなく綿羊娘だ。綿羊娘は遊女のようにいろんな客を取っているわけじゃねえから、ただの町娘が正面から訪ねていって会うのは難しい。お伊佐さんが綿羊娘になって近づくほうがよっぽど上手くいくだろう。幸い、今のおれは慶庵だ。あんたを異人の旦那に引き合わせて綿羊娘にしてやることができる。この機を逃す手はねえだろうよ」

伊佐の鑑札を握る手に力がこもった。だが、素直に頷くことができない。

笑っていた幸正が、表情を引き締めた。

「お伊佐さんが恐れる気持ちもよくわかる。嫌だというのなら、おれは一人で横浜へ戻ろう。けれど、これが食っていくのに窮することなく親父殿の無念を晴らし名誉を守れるまたとない機会だってことは言える。よく考えて決めてくれ」

今この場で、自らの運命を決めなければならない。

綿羊娘になるのか、ならないのか。

繁蔵の姿が浮かぶ。大鋸を使って丸太を切る勇ましい背中。長屋での団欒《だんらん》。もう二度と戻らない光景だ。

「おとっつあん……」

弱々しい声が洩れた。

繁蔵はなぜ命を落としたのか。

何者かに殺められたのならば、誰が繁蔵を手にかけたのか。

なぜ、繁蔵は息絶えるその瞬間まで鑑札を持っていたのか。

鑑札に記された「岩亀楼　潮騒」とは一体何者なのか――。

そのすべてが、横浜に行き、綿羊娘になることで明らかにできるのならば、この手で繁蔵の無念を晴らし名誉を守ることができるのならば、覚悟をきめるほかない。

星の数ほどあった縁談を一つ残らず破談にしてきた自分が、ここにきて好きでもない男の妾になるなんて、どうかしていると思う。けれど、この決意が繁蔵を弔うことに繋がるのだと思ったら、なんだか繁蔵に背中を押されたような気がして、沸々と力が漲《みなぎ》ってきた。

「幸正さん。あたしを横浜へ連れていって」

毅然と言い放つと、幸正はふっと笑って指先で頰を掻いた。

「よく腹を固めてくれたな」

「ええ。ただし一つだけ、心に決めたことがあります」

幸正が腰を半分浮かせた姿勢のまま動きを止めた。

「あたしは、異人の旦那様に決して肌を許しません。夫婦というのは、そういう邪《よこしま》な欲を満たすだけの間柄ではないはずです。身体を差し出さなくても、心を通わせることは、きっとできます」

「……本気なのか。綿羊娘だぞ。異人の旦那が、そんなこと、駄々をこねたところで許してくれるとでも？」

そう言いながらも、幸正の表情はどこか安堵の色が浮かんでいるように見えた。

「もう決めたことですから。自分の身くらい、自分で守ってみせます」

言い切り、伊佐は勢いよく腰を浮かせた。

ザクッ、と草を刈るときのような音が背後で鳴った。

今まで一度も落ちたことのない繁蔵の大鋸が、風も大砲の揺れもないのに、壁から落ちて畳に突き刺さっていた。

「危ねえなあ」

幸正が肩を竦めてから、女ならばたちまち息が上がってしまいかねない一貫二斤の重さのそれを容易《たやす》く引き抜き、壁にかけ直した。

伊佐　其の二

東海道神奈川宿から幸正と共に渡舟で横浜沖までやってくると、海鳥の鳴き声がずっと近くなった。

潮風のふりをして吹いてくる風は、煤けていて少しも旨《うま》くない。

左に顔を向ける。黒い影が横浜沖のはるか彼方《かなた》まで群れをなして浮かんでいる。欧米諸国が停泊させている軍艦だ。いずれも帆は畳まれており、艦上に横浜の港町に向けた大砲が幾門も並べられている。ことに港町に最も近い十二、三隻に積まれた黒光りする巨大な大砲は、白い船体も相まっていやに目立っていた。

「英国海軍《ロイヤル・ネイヴィー》の軍艦だよ」前に座る幸正が、黒光りする筒を顎でしゃくった。

「アームストロング製の後装施条砲っつうやつで、英国海軍の一番新しい大砲らしい。薩州とやり合ったときも、あれで鶴丸《つるまる》城下を焼き尽くしたそうだ」

かねてから火種となっていた東禅寺の夜討ち騒動、生麦村の騒動に加え、三ヵ月ほど前の文久三年五月十日には攘夷の志を掲げた長州藩が関門海峡で米国の商船等を砲撃する騒動を起こした。

攘夷派浪士らの蛮行に憤りを一層募らせた英吉利、仏蘭西、和蘭、亜墨利加の四ヵ国は横浜沖の軍艦の数を増やしていった。

そんな最中、英国は文久三年七月二日、生麦騒動について、償金も下手人も差し出そうとしない薩州藩への攻撃を開始した。激しい砲戦は薩州藩の城下町を焼け野原に変えたが、弾薬や燃料などの不足に陥った英国が撤退を決めたことでどうにか中断された。

それからおよそ二十日が経った今もなお、薩州藩と英国の交渉は決着をみていない。


前方に横浜の入り口である洲干弁天社《しゅうかんべんてんしゃ》の壮麗な松林が見えてきた。

砂洲《さす》の先にあるこの神社には四つの鳥居と瓢簞池《ひょうたん》、太鼓橋《たいこ》などがあり、茶屋も集まっている。

砂の上の松林に出迎えられて渡船場に降り立つと、夕七つ（午後四時頃）の鐘が鳴った。朝早くに深川を発ってから、すでに半日が経とうとしていた。

茶屋では、布が身体にぴったり張り付いて動きにくそうな装いの巨大な男たちが、軒先の緋《ひ》毛氈《もうせん》の茶席に腰かけて看板娘や女将《おかみ》と談笑している。横浜に暮らす外国人たちだ。長い脚を窮屈そうに曲げて座る姿には、遠目にも迫力があった。

彼らが顔を動かすたび、伊佐は素早く顔を逸らし、足を速めた。

思えば、川崎宿《かわさき》に差し掛かった頃から、外国人が目に入るようになった。次の宿場である神奈川宿までやってくると、外国人はさらに数を増やし、茶屋にも和蘭語で地名が書き添えられた東海道の地図と、注文できる甘味が絵で描かれた紙が用意されていた。

「ほんの四年前まで家が百軒程度しかない寂れた半農半漁村だったなんて、とても信じられねえ」

異国の言葉に埋め尽くされた鰻の蒲焼《おうな》の店を横目に、幸正が零した。

横浜はまるで芝居小屋の廻《まわ》り舞台が場面を変えるように、わずかな間で大きく姿を変え、派手やかに、力強く花開いたという。

そこに外国人たちの豪気な力が大いにはたらいたという事実は、疑いようもない。

茶屋街を抜けると、今度は長屋が連なる見慣れた風景が現れ、やがて日本橋さながらの大通りに抜けた。

「横浜は日本人の暮らす日本人町と外国人の暮らす居留地が分けられている。ここは日本人町の中心、本町《ほんちょう》通りだ」

幸正は背後の伊佐に声を張った。そのまま迷うことなく路地木戸を潜り、分け入った先にある棟割長屋の一戸の腰高障子を開いた。

「ここがあんたのために借りた家だ。よくある裏長屋だが、表長屋で暮らし慣れた身には窮屈かもしれないな」

九尺二間《くしゃくにけん》の部屋には既に畳が敷かれ、布団から行燈、茶簞笥などの家財まですっかり取り揃えられている。

「疲れただろう。異人の旦那との約束は明日の昼だから、今日はもうゆっくりしたらいい」

「お心遣いはありがたく思いますが、幸正さんさえよければ、今から港崎遊廓に――岩亀楼に連れていってはくれませんか」

戸の引き手に手をかけた幸正が、動きを止めた。

「まだ綿羊娘になってねえのにいきなり行ったところで、潮騒とやらには逢《あ》えねえと思うぞ」

「わかっています。それでも今、この目で見ておきたいのです」

「……暮れ六つ（午後六時頃）になったら、夜見世が始まる。それまででいいか」

伊佐は力強く頷き、石ころ衆の入った箱を包んだ風呂敷《ふろしき》だけを持って下駄《げた》に足を通した。


本町通りの終わりまでくると、眼前を幅の広い道が横切っていた。

「この大きな一本道が日本人町と外国人居留地の境目だ。向こうへ渡ると、もう外国人居留地だよ」

対岸に建ち並ぶ木造家屋を前に息を呑んだ。ここに、四百四十人もの外国人が暮らしているという。

おっかなびっくり足を伸ばし、境界の道の中心に立つ。左から渡舟で感じたあの喰《く》わせ物の潮風が勢いよく吹きつけ、立ったまま縮こまった。左の突き当たりには海が広がっている。沿岸に敷かれた眺めの良い海岸通り越しに、異国の船の大砲たちがこちらをじっと見ている。

伊佐は逃げるように右を向いた。

通りの先には、海ではなく、淀《よど》んだ鼠色《ねずみいろ》の沼が広がっていた。

沼には島が浮かんでいる。その島に向かって、通りから土手のような一本道が続いていた。

「あれが港崎遊廓だよ。異人の旦那方のために作られた廓《くるわ》の島さ」

幸正は島を指さしながら一本道の方へ歩き出した。

遊廓島へ向かう道の左右には料理屋などが建ち並んでいた。店の客や通りを行き交う人々は、外国人はもちろんだが、日本人も多い。町人ふうの男女からはしゃぎまわる子ども、腰の曲がった老人まで様々だ。

表情を硬くしたまま道なりに進む。行く先には、大門が堂々と構えている。両脇に役人が一人ずつ腰かけ、門を潜る大勢の人々に目を光らせている。

一本道は大門の手前で終わっており、そこから道と島を繋ぐ橋が一本、沼を跨《また》いで架かっている。

速足の幸正に続いて橋を渡ろうと踏み出した瞬間、突風が沼から吹きつけた。どぶの臭いが運ばれてくる。思わず鼻を袖で押さえていると、どこからか一枚の紙が飛んできて、伊佐の足首に巻きついた。

屈《かが》んで紙を拾うと、紙面には横浜港全体の地図と思しきものが描かれていた。今目の前に広がっている景色と同じ、外国人居留地と日本人町の間の通りから一本の道が沼を通って島に繋がっているが、大門の手前の橋に黒い墨で細くバツ印が書き込まれている。

「なんでしょう……?」

伊佐は立ち止まり、首を傾げた。

「どうした、早く行かねえと日が暮れちまうぞ」

橋を渡り終えた幸正が叫んだ。伊佐は地図を帯の隙間に押し込み、小走りで追いかけた。

「廓にはこの大門からしか出入りできない。十五軒の遊女屋と四十四軒の局見世《つぼねみせ》、二十七軒の引手茶屋、そして三百人ほどの遊女を抱える遊廓島の、唯一外の世界へ繋がる道なんだ」

大門の真下、陽の光が遮られて陰になったとき、幸正が言った。

一度廓に入ったら、二度と外へは出られない。自分もまた、華やかな地獄に呑み込まれてしまうのではないか。そんな不安がにわかに押し寄せた。

風呂敷を抱きしめ、下駄を鳴らして再び陽の光の下に躍り出た。

不意に、幸正の背中が横へ逸れた。前方の景色が露わになる。

いろとりどりの草花に、伊佐は目を奪われた。

まっすぐのびている広大な道の中心を、花園が奥まで貫いている。萩《はぎ》、尾花《おばな》、葛《くず》、撫子《なでしこ》、女郎花《おみなえし》、藤袴《ふじばかま》、桔梗《ききょう》――秋の七草が爛漫《らんまん》と愉しげに彩っており、ここが苦界であることを忘れてしまいそうになる。

「見事なもんだろう。端午の節句の頃は花菖蒲《はなしょうぶ》だったんだ。春は江戸の吉原《よしわら》に倣い、根付きのまま運び入れた桜をずらりと植えて並木道が作られる」

「吉原遊廓を手本にしているのですか」

「ああ。開港に間に合わせねえとって大急ぎで作った花街だから、江戸の吉原を基にした部分は多いんだ。ただ、吉原は異人は迎え入れねえから、もてなしのいろはは長崎の丸山《まるやま》遊廓に倣ったそうだ」

幸正は手を広げて大門から通りの奥を指さした。

「大門だけでなく廓の形も吉原と瓜二《うりふた》つだ。吉原と同じように細長い四角の形をしていて、中心を表通りである仲之町《なかのちょう》通りが貫いている。この仲之町通りを奥まで真っ直ぐ進むと、金刀《こと》比羅《ひら》社に突き当たる」

人で溢れる仲之町通りの両脇には、遊女屋が軒を連ねている。どの店にも張見世の籬《まがき》はあるが、格子の奥に遊女の姿はない。

遊女屋の間には路地木戸があり、その先には仕出し屋や小間物屋といった廓の者向けの店があった。

下駄を鳴らし、風に袖をなびかせるたびに、どぶの臭いをかき消す芳しい香りがぱっと舞うのが心地よい。花の香りに、ツンと鼻の奥を突くような、まろやかで奥深い匂いが混ざって漂っている。

「蘭麝《らんじゃ》香とか伽羅《きゃら》っつう輸入香木の匂いだよ」

鼻をひくつかせていると、幸正が教えてくれた。

大門から仲之町通りを三分の二ほど進んだところで、左に圧し潰されそうなほど大きく絢爛《けんらん》な妓楼が現れた。

「ここが、岩亀楼……」

伊佐は見上げて声を洩らし、立ち尽くした。

妓楼の入り口は既に混み合っている。外国人ばかりなのかと思いきや、日本人も多い。港町からふらりと出てきた様子の商人や町人ふうの老夫婦、女や子どもも多かった。

「港崎遊廓には吉原のような昼見世はないんだ。日中は市井の人々に敷地を開放している。特に岩亀楼は登楼する客以外であっても妓楼の中に入ることができるとあって、色めきだす暮れ六つまでは見物客でごった返しているのさ」

妓楼の客引きが控える妓夫台《ぎゅうだい》の脇を通り過ぎ、暖簾《のれん》を潜る。

贅を尽くした数寄屋造りの妓楼は、一面が青かった。

藍に浅葱、縹に御納戸色に紫と、濃淡は様々ながら、どこを向いても鮮やかな青に目を奪わ
れる。

襖障子の張り紙、一階の中心を陣取る池、二階の廊下を行き交う豪奢な打掛、すべてが青
を帯びていて、水の中を泳ぐ魚になったのかと錯覚させられる。海に抱かれた港町に佇む楼閣
の風情に満ちていた。

人の波に流されるままに、池に架かる真紅の太鼓橋の上に立ち、悠々と泳ぎ回る錦鯉を見下
ろす。

揺れる水面に、天井から吊り下がっている植物の形をした瀬戸物のようなものが映ってい
る。見上げると、目が潰れてしまいそうなほど眩しかった。

「シャンデリアっつうんだ。百目蠟燭とは比べ物にならねえくらい明るいだろう」

返事はせず、目を細めた。手元を照らすので精一杯な行燈の灯りに慣れきった身に、何でも
照らし出してしまいそうなその光は強すぎた。

しゃんでりあのすぐ下の二階では、欄干の向こうの廊下を妓楼の奉公人や遊女と思しき女た
ちが忙しく動き回っている。市井の見物客はいないようだが、半開きになった襖障子の奥に
は、赤ら顔でひげを撫でながら宴に興じる異国の男たちの姿が見える。

こんな場所が、苦界と呼ばれているだなんて。

にわかに、唄のない三味線の音が聞こえはじめた。

欄干にもたれて錦鯉を眺めていた人々が、我に返ったように一斉に出口に向かっていく。

「清掻《すががき》だ。夜見世が始まるよ。もう戻ろう」

幸正に背中を押され、伊佐も暖簾を潜った。


空はすっかり柿色に染まっていた。

遊女屋の軒先の提灯《ちょうちん》の列に、瞬く間に灯りがともされていく。

人々の顔に影がかかり、隣に立つ人の顔さえ判別がつかなくなる。

隙あらば取って食われかねないおどろおどろしさが、たちまちあたりに立ち込めた。

そそくさと大門を出た。

港町への道は人気が絶えず、来たときよりも混み合っている。

幼子が母親と手を繋ぎ、飛び跳ねて歩きながら日本人町へ帰っていく。一方、すれ違いに大門を目指す人々は、大人の男しか見当たらない。

美しい水の城は、今、伊佐のすぐ後ろで不夜城に変わったのだ。

「あたしはこれからあの岩亀楼で、異人を相手にしなければならないのですね……」

今しがた見たばかりの風情ある青の設《しつら》えを思い返しながら、幸正に問いかけた。

「いいや、確かに潮騒に逢うためには綿羊娘にならねばならないが、お伊佐さんがなるのは〝野良の綿羊娘〟、あそこに勤めている遊女や綿羊娘とは別物だ」

首を傾げる伊佐に、幸正は咳払《せきばら》いを返した。

「横浜で色を売っている女は、大きく四つに分けられる。まず第一は、日本人の客だけを相手にする〝日本人館の遊女〟だ。特に岩亀楼は区別を徹底していて、〝日本人館の遊女〟が異人の目に入らないように、日本人館と異人館はきっちり分けられている」

港崎遊廓の開業にあたり、岩亀楼の楼主、佐藤佐吉《さとうさきち》は、江戸の新吉原をはじめとする各地の遊廓から艶名高い遊女たちを呼び集めた。破格の美人揃いであったが、彼女たちは外国人を客に取ることを頑《かたく》なに拒んだため、佐吉は田舎から娘を掻き集めて外国人のための遊女——第二の〝異人館の遊女〟の頭数を揃えた。

「けれども、日本人館の方が異人館よりも粒揃いだってことに勘付いた外国の旦那方は、女に差をつけるのはよくないとかってもっともらしい言い分を並べ立て、日本人館にいる瓜実顔《うりざねがお》で色白の遊女を寄越せと騒いだ。外国奉行は娘に鑑札を持たせ、異人館から夫の居宅に通わせて夫婦として暮らすことを許すことで不満を紛らわそうとした。それが第三の〝異人館付の綿羊娘〟だ。妻なのだから、当然ほかの男と関係することは許されない。同じ異人館に身を置いているとはいえ、第二の〝異人館の遊女〟とはまったく別の立場だ。そして最後、第四が〝野良の綿羊娘〟だ」

外国人には、健やかに過ごすためには程々の散策をするのが良いという意識があるという。彼らは奉行所から遊歩を許された居留地の十里四方（半径約二十キロメートルの範囲）に乗馬や徒歩で繰り出し、花開いた港町とは打って変わったのどかな田園の村々を訪れた。そしてそこで、男をまだ知らない無垢な娘たちに出逢ったのである。

「〝異人館付の綿羊娘〟にはないあどけなさや奥ゆかしさに惹きつけられた外国の旦那方の中には、廓を見限り、ぜひ町娘を妻に、と言い出す者も現れた」

そして、その風向きの変化を瞬時に捉えた周旋業の商人たちは、すぐに町娘を異国の男に引き合わせて儲けてやろうと目論《もくろ》んだ。

「〝異人館付の綿羊娘〟には『お国の秘密を洩らすな』とか『妊娠出産は固く戒むべき』などと定めた八ヵ条の規則があって、幕府公認ゆえに縛りが大きい。妓楼を介さずにおれたち慶庵とこっそり取引する方が煩わしい制約がねえってんで、〝野良の綿羊娘〟のほうが旦那方も食いつきがいいんだ」

〝野良の綿羊娘〟は万延元年三月頃からにわかに数を増やし、二年前の文久元年十二月には百五十六人に達したという。

「お伊佐さんがこれからなるのは〝野良の綿羊娘〟だ。最も気ままで、異人の夫の寵愛《ちょうあい》を一身に受ける綿羊娘に、あんたはなるんだ」

したり顔の幸正に、伊佐は表情を曇らせた。

「鑑札がないということは、罪を犯すということでしょうか」

「……お奉行様だって何も知らないわけじゃねえ。既に〝異人館付の綿羊娘〟がいる手前、やむを得ず見て見ぬふりをしているんだ。ムスメガールを寄越さねえなら武器弾薬の取引はなかったことに、と気色ばむ連中が相手じゃ、鑑札持ちで我慢しろと咎《とが》めたって関係がこじれるだけだとわかっているんだろう。だから万が一お役人に見つかっても、侍女だと申し開きをすればまかりとおっちまうよ。〝野良の綿羊娘〟は外国の旦那方の究極の願望なんだ」

「究極の、願望」

伊佐の顔ほどもある硬い手が、無遠慮に伸びてきて着物を力任せに剝ぎ取り、べたべたと肌に触れる――。

伊佐は両腕を抱いて強くさすった。沼から吹いてくる風がいやに生暖かかった。

「おとっつあん、伊佐は負けません。必ず無念を晴らしてみせます……」

一本道を渡り終えると同時に、暮れ六つの鐘が鳴った。

伊佐は頭を横に何度も振り、力強く胸元で拳を握った。


翌朝、伊佐は深川で過ごすときと変わらない、縞柄の着物に島田髷という装いで、港崎遊廓に続く道沿いにある「海桜亭《みざくら》」の暖簾の前に立った。

岩亀楼に引けを取らない、贅を尽くした料亭。役人が諸外国の使節らとの会談の席に選んでいてもおかしくはないだろう。

幸正に日頃と同じ装いをと言われていたので、背伸びをして着飾ることは一切していない。

「かえってその方がいい。遊女のように豪奢に着飾るより、町娘らしい方が、異人の旦那方は歓ぶんだ」

先に店に着いていた幸正に陽気な調子で励まされ、かえって足が竦んでしまう。伊佐は風呂敷を強く抱きしめた。

「もう行くよ。こっちが刻限に遅れるわけにはいかないからね」

幸正に手招きで急かされ、伊佐は口を強く結んで暖簾を潜った。

段階子を上りながら、幸正が絢爛な座敷や豪華な料理について話していたようだが、聞いたそばから耳を通り抜けていった。間もなく異国の男に品定めをされる。そのことで頭がいっぱいになり、抱きかかえた風呂敷でとめどない手汗を拭った。

通された二階の座敷は、化粧屋根裏天井に数寄屋造りの見事な設えだった。

部屋の中央、畳の上に、黒漆塗りの机と椅子が三組——左手に一組、右手に二組置かれている。机は脚が高く伊佐の腰まであり、椅子もそれに高さが合わせられているようだ。左手の机は他よりも少しだけ幅が広く、机上の煙草《たばこ》盆には灰落としや刻み煙草の入った黒い箱、煙管《キセル》などが揃えられている。

奥には障子があり、外から差し込む陽が座敷を明るくしていた。

「ここは眺めも良いって評判だから、わざわざ二階の座敷を選んだんだ」

幸正は奥の障子につかつかと歩み寄り、左右に勢いよく開いた。

欄干のはるか遠くに海が広がり、その対岸では神奈川宿が賑《にぎ》わっている。快晴も相まって絶景だったが、風の通りが良いせいか、手前の沼から吹き込んでくるどぶの臭いが尋常でなく、息を吸うたびに胸がつかえた。

「どうした、顔色が悪いようだが」

幸正に顔を覗き込まれた。

「深川八幡《はちまん》前の『平清《ひらせい》』にも足を運んだことがないものですから、こんな立派な料理茶屋、気が張ってしまって。まだ見ぬ異国の殿方との会食ともなると、なおさら……」

笑顔を作り、ごまかすように答えた。

「そう怯《おび》えるな。お伊佐さんに万一のことがあったら、いくら大事な客でも、おれが許しちゃおかねえからよ」

「心強い限りです……。これからいらっしゃる殿方は、どのような方なのですか」

「英国海軍のアラステア・バーキット大佐殿だ。二十日ほど前に錦江湾《きんこうわん》で薩州とやり合って帰ってきたばかりだそうだよ」

「英国の、お侍さん？」

「そうだ。万延元年の末まで別の綿羊娘と契約を結んでいたが、本人曰《いわ》く、喧嘩別《けんかわか》れしたらしくてな。永らく忘れられずにいたそうだが、ようやく次の妻を探す気になったみたいだ」

「あたしは何をすればよいのでしょう」

「何もしないでいい。静かに座っているだけで構わねえから」

事もなげに言うと、幸正は欄干に両肘を置き風景に背を向けてもたれかかった。

そわそわとしている間に、約束のときを迎えていた。

幸正がこつこつと欄干を指先で打つ。

伊佐は鼻と口元を袖で押さえ、気が滅入《めい》ってしまいそうな沼の風から顔を逸らした。机と椅子を通り過ぎて欄干から遠ざかる。入り口の襖障子の前で立ち止まり、木箱の入った風呂敷を胸元に抱き寄せた。

にわかに、大鯰《おおなまず》が暴れるように床が揺れ、段階子が軋む音がした。ごくりと唾を飲み、指に込める力を強める。

揺れと音が収まるなり、タン、と小気味よく片側の襖障子が開いた。

はっ、と大きく息を吸い込む。

鼻先に光るものがあった。円い黄金のなかに異国の王冠と錨《いかり》が浮かび上がっている。

咄嗟《とっさ》に半歩身を引くと、どうにか男の全身が見えるようになった。

廊下に、梁《はり》に脳天がぶつかりそうなほど大きい男が立っている。

身体に張り付いたような濃紺色の服の上に、黄金の釦《ぼたん》が二列、縦に等しい間隔を保って並んでいる。四尺八寸（約百四十五センチメートル）の背丈をした伊佐の頭が、男の胸元の釦と同じ高さにある。

おそるおそる男の顔を見上げる。かなり年が離れているようにも思えるが、もしかすると幸正と同じ年頃なのかもしれない。ひげが綺麗に剃《そ》られているからか、雪のように白い肌と凛々《りり》しく引き締まった顔立ちが際立っている。

伊佐がすっかり顔を上に向けたとき、目が合った。

「きれい……」

のど元まで込み上げていた悲鳴が、すっと消えた。

金の髪を覆う帽子、その張り出した部分が作る影のなかで、碧《あお》い双眸《そうぼう》が蠱惑《こわく》の輝きを放っていた。

瞬く双星。まさしく伊佐が探し続けた、光を照り返して輝くほーせい、いせきそのものだった。

心を吸い上げられ、身体が軽くなった。

「こりゃあ、なんでまた」

背後で幸正がのどに何かが詰まったような声を上げた。

伊佐が我に返り、振り返る。幸正は山中で野犬に囲まれたときのような顔を伊佐の前に立つ男に向けていたが、すぐに取り繕ったように笑みを浮かべた。

「ほらお伊佐さん、そんなとこに突っ立ってたら邪魔になっちまうよ」

幸正に促され、伊佐は右手の奥側の椅子の脇に立った。

入り口の襖障子が左右ともに開け放たれた。

最初に現れた碧い目の若い男と、もう一人、赤みがかった栗色《くりいろ》の毛でもみあげと濃い鬚《ひげ》が繋がっている男が、二人して大股で座敷に踏み入ってきた。

もう一人のほうは碧い目の男よりも年上だろうか。濃い体毛とがっしりした身体で、まるで熊《くま》のようだった。纏っている濃紺に黄金の釦の服は若い方の男と同じだが、左の胸元には、煌《きら》びやかな徽《しるし》の裏に隠すように女物の赤い椿《つばき》のかんざしが挿されている。長さからすれば実際は中ほどで折れてしまっているのかもしれない。

左手の椅子にかんざしの男がどっかりと座り、その隣、伊佐の正面に若い男が立った。

「女将さん、すまねえが煙草盆をもう一式頼むよ。料理はおれの分を代わりに出してくれて構わねえからっ」

幸正が慌てて自分の椅子を若い男の脇に運びながら、階下に向かって声を張り上げた。

「そいつを連れてくるなら、先に知らせておいてくれよ……」

女将が煙草の道具を若い男の前に並べている間、椅子に座った伊佐の隣で、畳の上に腰を下ろした幸正が小さくぼやいた。

女将が入り口の襖障子を閉めると、英国人二人は揃って帽子を脱いだ。

「ムスメガール？」

かんざしの男にじっと見つめられ、伊佐は両手でぎゅっと膝を握った。

「へい、その通りで。バーキット大佐殿お待ちかねの江戸娘、伊佐にござります」

丁寧に江戸の言葉で話しかけながら、幸正は大仰な身振り手振りで伊佐を示した。

「イサ、オイササン」

バーキットが腰を浮かせて、ずいと顔を近づけてきた。

無性に恥ずかしくなり、頬に手を当てて俯く。バーキットは「ホオン」と声を上げてから腕を組み、鬚を撫で始めた。

鳥肌が立ち、思わず顔をそむけそうになったが、両腕を抱えるようにして袖を握りしめてどうにか震えを抑えた。

食事が始まると、声が止む頃合いを見計らって女将が二階へ上がってきては、手際よく会席料理を配膳していった。

だが、伊佐は箸を手に取ることもせず、座り心地のよくない椅子の上で肩をすぼめたままもぞもぞと身じろぎを繰り返していた。

一人だけ食事のない幸正が英国人二人にしきりに食べるよう勧めるも、名も知らぬ若い男は箸でぎこちなく品を突くだけで、表情のないまま一言も発しない。バーキットにいたっては酒ばかり何杯も呑んでいるが、それでも赤ら顔で伊佐をちらちらと見ては口元を歪《ゆが》めることは忘れない。

早く、どうか早く終わって——。

ねっとりした眼差しを太腿《ふともも》に置いた風呂敷を摑んでやり過ごしながら、ひたすら念じた。

不意に、がくんと身体が傾いた。

「ああっ」

伊佐の座っていた椅子の脚が折れ、伊佐は畳に倒れた。風呂敷が放り出され、包んでいた木箱が畳に転がった。

木箱の蓋が外れ、目一杯まで詰め込まれていた石ころが一面に散らばる。

しん、と座敷が静まり返る。

「こんな役に立たねえもん、わざわざ横浜まで持ってきてたのか」

伊佐を助け起こしながら幸正が溜め息を吐いた。

「あたしにとっては、何を差し置いてでも傍《そば》に置いておきたいものですから」

「だからって、こんなにたくさん……」

「珍しい、美しいものというのは、ただ持っているだけで、心が躍るものなのです」

十三年前に日本橋の店で聞いた言葉が、口を突いて飛び出した。

これでも選りすぐったものだけを持ってきたのだと言い返そうとしたが、口をへの字に結んでいる幸正を前に言葉を呑み込んだ。

ウーンと、バーキットが眉を吊り上げて唸った。

「も、申し訳ねえ、大佐殿。これは江戸にいた頃は〝石ころ屋〟なんて呼ばれてましてね、毎日飽きもせず石ころを拾い歩いていた娘なんです」

幸正は畳の上に正座し、バーキットに向かって深く頭を下げた。慌てて伊佐も手をつき、畳に額を近づける。

「イシコロ」

ぼそりと呟きが聞こえた。

バーキットではない、身体の内に染み込んでくる低い声。

伊佐がおっかなびっくり顔を上げると、若い方の男が伊佐の指先のあたりに見入っている。石ころ衆と共に転がり出た伊佐のあめじすとが、開け放たれた窓から差し込む陽光できらきらと輝いていた。

伊佐は覆い被さるようにしてあめじすとを拾うと、残りの石ころ衆もたちまち掻き集めて木箱に戻し、蓋を閉じた。木箱を我が子のように優しく抱きしめる。

畳に座ったまま碧い目を見上げた。若い男は眉一つ動かさず、口を開こうともしなかった。ただ目だけを動かして、伊佐と木箱をかわるがわる見比べていた。

もしかしたら、ひどく怒っているのかもしれない。だが、この凜《りん》として透き通った双眸を睨み返しでもしたら、自分の宝物であるあめじすとまではねつけてしまうような気がして、できなかった。

「お食事をお持ちいたしました」

女将が襖障子の向こうから声をかけてきた。

会席の最後に飯や汁とともに、粕漬《かすづ》けが運び込まれる。酸っぱいにおいが立ち込め、鼻の奥をつんと突いた。

にわかに沼からまた風が吹き込んできた。どぶの臭いが香の物の香りと混じり合う。

唐突に、腹から勢いよく上ってくるものがあった。

「ううっ」

口元を押さえたが、間に合わなかった。

のどを遡ってきたものを、伊佐は畳の上に吐き出した。

香の物ではない酸っぱい臭いが立ち込める。

ウウ、と二人分の呻き声が聞こえた。幸正とバーキットだった気がするが、確かめる余裕はなかった。

伊佐は目の前が、真っ暗になった。


「そう気に病むな。江戸娘なんて引《ひ》く手数多《てあまた》だからよ、次こそしっかりしてくれりゃいい」

「も、申し訳ありません……」

海桜亭から日本人町の住まいに戻って腰を下ろすなり、幸正からやけに柔らかい声で励まされた。

殿方の前で戻してしまうなど、あってはならないことだ。

熱くなったまま冷めない顔を両手で覆って項垂《うなだ》れる。その一方で、伊佐は綿羊娘にならねばならぬ日が遠のいたことに安堵してもいた。繁蔵の無念を晴らし名誉を守るために、綿羊娘になる決意を抱いてやってきたというのに——。

両袖を握りしめ、胸元に引き寄せるように力を込めた。

「正直、こうして破談になって、おれはほっとしているよ」

幸正が伊佐の正面であぐらをかき、伊佐の肩を優しく叩《たた》いた。

「バーキット大佐殿も人が悪い。万一、自分が遠慮願いたい娘を出されたら、上官の粋な計らいと見せかけて部下にくれてやるために同席させたんだろうが、まさかあの〝遊女殺し〟を連れてくるとは」

「遊女殺し？」

「あの若い方の軍人だよ。スタンリー・メイソンっつう大尉だ。横浜で色を売る女に関わる者なら誰でも知ってる。あいつに見初められた女は必ず死ぬ。だから〝遊女殺し〟さ」

言いながら、幸正は高級菓子店の包みを開きはじめた。

「鉱山技師になりたかったらしいが、代々海軍士官をしている上流のお家柄のせいで海軍で働くしかなかったんだと、バーキット大佐殿のお住まいに招かれて一緒に酒を吞んだときに話していた。上にいってやろうって意気もなく海の上でふてくされているだけの、やる気のねえお坊ちゃん士官だとよ」

海桜亭で出逢ったあの吸い込まれるような目を思い出す。雪の肌に輝く碧いギヤマンの、なんと風雅だったことか。

「あの方がおなごを殺めているだなんて、信じられません」

皿に包みから出した練羊羹を並べていた幸正が、怪訝《けげん》そうな顔を伊佐に向けた。

「あくまで噂だがな。あのとおりとんでもねえ色男なもんだから、女の方が放っておかねえってんで、異人館の遊女が引きも切らずに付く。だが、どの女も決まって不幸に見舞われて命を落としている」

「不幸って、どんな」

幸正は口をもごもごさせながら、開きかけの包みを傍らに置いた。

「死んだのは三人だ。一人目は二年前、港崎遊廓の裏通りにある蕎麦《そば》屋の台所で死んでいた」

「蕎麦屋の台所？　亡くなった方は遊女ですよね？」

「ああ、岩亀楼の異人館にいた十八くらいの遊女だよ。初めて取った客がメイソン大尉殿だったんだが、それが面白くなかった姉分の遊女に飯を抜かれて腹が減っていたらしい。夕餉まで抜かれそうになって我慢ならなくなり、岩亀楼が懇意にしている蕎麦屋に忍び込んで摘み食いしたそうだ。蕎麦屋の主人が見つけたときには既に事切れて倒れていたと聞いた」

「なぜ、事切れていたのでしょう」

「首に包丁が刺さっていたらしい。まあでも、本当はその前に蕎麦を食ったせいと言われている。台所には食いかけの蕎麦が残されていたそうだ。死んだ遊女は蕎麦が毒になる病を抱えていたんだ」

「蕎麦が毒になる病？」

「細かいことはわからねえが、前に誤って口に含んだときにはひっくり返ってもがき苦しんで、医者を呼ぶ騒ぎになったみてえだ。蕎麦を摘み食いしたことでまた病が出て、苦しみのあまり床をのたうち回るうちに台にぶつかり、上に置いてあった包丁が落ちて首に刺さったんだとか。床は血の海だったらしい」

妙な話だ。背に腹は代えられなかったとはいえ、死に至るとわかっている食べ物をわざわざ口にするだろうか。包丁が落ちてきたというのも、できすぎている。

「二人目は蕎麦屋の一件から半年後だ。金刀比羅社の境内で参拝の最中に足を滑らせ手水舎《ちょうずや》に頭をぶつけて死んでいた。雨で足元が悪かったせいか相当強く打ったらしくて、こっちもたくさん血が流れていたと聞いたよ。空が荒れている日の明け六つ前だったせいで、ほかに参拝者もおらず、転ぶところは誰も見ていなかったそうだ」

「なぜ、そんな人気のない時に参拝したのでしょう」

「毎朝の習慣だったようだ。明け六つより早く、座敷に客が泊まっている日は後朝《きぬぎぬ》の別れのあとで、嵐だろうが身体の調子が悪かろうが欠かさず拝みにきていた、信心深い娘だったらしい。神奈川奉行所の調べ役が隅から隅まで検めていたが、不幸な出来事だったということで落ち着いたんだと」

練羊羹を並べ終えた幸正が、包み紙を握り潰した。

「三人目は岩亀楼の異人館の座敷で自刃した。座敷は血まみれ、畳も障子も総取り替えのてんてこ舞いだったそうだ。文久二年の末、あの日本人館の花魁が自刃した一ヵ月後のことだったから、それが響いてのことだったんだろうな」

「花魁の、自刃」

「ああ。この三人目に亡くなった遊女は尊王攘夷の志があるってもっぱらの噂だった。だからこそ、花魁が華々しく散る姿を間近で見せつけられて、同じ道を選んじまったんだろうな」

「そんな……」

沈むように俯くと、幸正は鼻から息を吐いてこめかみを掻いた。

「三人が亡くなられたとき、メイソン大尉殿もその場にいたのですか」

「いや、大尉殿は軍艦で仕事をしていたり、誰かと出掛けていたりと、別の場所にいたことがわかっている。それならさすがに下手人じゃねえってんで、今のところお咎めナシってわけだ。人殺しというより、もはや祟《たた》りだな」

「祟り……」

そんなもの、迷信に決まっている。

だが、もしそうだとして、あの若い大尉と関係した遊女だけが続けざまに亡くなっていると
いうのは、さすがに偶然がすぎるように思える。

もし三人の遊女が不幸な偶然で亡くなったのではないのなら、別の何者かに殺められたとい
うことになる。

そうだったとして、誰が、何のために殺めたというのか。

祟りの一言で片付けてしまえたら、こんなに楽なことはないだろう。

心中箱といい、どうして皆、確たる証のないものを真実と信じてしまうのか。

「まあ、どのみちお伊佐さんにはもう関わりのねえことだ。具合が良くねえってのに変な話し
ちまって悪いな。忘れてくれ」

幸正は一段と明るい声で言うと、伊佐の肩を軽く二度叩き、長屋を出ていった。

伊佐は目の前に残された皿をじっと見つめた。

幸正はいつも手土産に練羊羹を選ぶ。嬉《うれ》しくないわけではないが、たまには大好物だと繰り
返し伝えている黄粉餅を買ってきてはくれないものかと考えてしまう。

練羊羹を一つ、手に取る。まったく心が弾まない。無理に口にしようものならまた戻してし
まいそうだったので、そっと皿に置き直した。

枕屏風《まくらびょうぶ》の後ろから布団を引っ張り出し、早々に横になった。

箱枕のすぐ脇に置いた木箱を、ぼんやり見つめる。

無理に堪えるべきではなかった。幸正に顔色が悪いと案じられたときに、多少の非礼を承知で日を改めてほしいと申し出るべきだった。

幸正は許してくれたようだが、内心、腸《はらわた》が煮えくり返っていても不思議はない。

「おとっつあん……」

膝を抱え、もう眠ってしまおうと目を閉じた。

どれほどの時が過ぎただろうか。

部屋が柿色に染まり、そろそろ行燈をという頃合い。

暮れ六つを知らせる鐘を遮って、ばたばたと乱暴な足音が近づいてきた。

「お伊佐さん！」

汗みどろの幸正が、腰高障子を突き飛ばすように開けて飛び込んできた。

慌てて身を起こし、布団の上に座り直す。

「本日は、本当に申し訳なく……」

「決まったよ」

「――へ？」

裏返った変な声が出た。

「たまげたよ。あの兄さん、あんたのことを気に入ったんだと」

「あの、えっと、バーキット大佐殿が、ですか？」

「違う違う」幸正は手と首を同時に横に振った。

「大佐殿じゃなくて、遊女殺しの、メイソン大尉殿の方さ」

鏡　其の二

「ちょっと、うら屋さん。あたしの手も見てちょうだいよ」

易者の身なりで仲之町通りを歩いていると、張見世の格子から女の白い手が伸びてきた。籬に近づき、差し出された掌をじっと見る。いいかげんに間を置いてから「あんた、好いてる男がいるね」と重々しい口調を作ると、大半の女と同じように「そうなんだよ、占いって何でもわかっちまうんだね！」とたばこの煙を吹きかけられた。

「でもね、あの人ったら口が達者だから、らぶだなんだとは言うけれど、上辺だけに思えちまってね……」

女は引っ込めた手を頬に当て、反対の手に持った煙管をくるくると回して弄びだした。

鏡は背負っていた荷の中から木の箱を取り出した。

「なんだい、それは」女の手にした煙管の動きが止まる。

「生まれた星の違う二人を繋ぐ、まじないの箱でございます」

鏡は女に心中箱の作法を教え、さらに箱の底にぴたりと重なる大きさの奉書紙を見せた。

横浜に移るにあたり、〝イカサマ師〟の鏡は、それまで熊野神社の牛玉宝印を真似て作っていた手製の誓紙をさらに作り変えていた。

外国人と日本人。ただでさえ慣習の違いや言葉の高い壁があるというのに、入り組んだ作法が誓いを立てる妨げになってはなるまいと、容易に誓紙を作れるように工夫したのだ。

新しい誓紙には、烏文字は一つしか描かれていない。

四羽の烏の尾の部分が紙面の中心に吸い寄せられるように伸びて一つに繋がっている。それは十字の形をしており、それぞれの先端で四羽が横を向いて片目をこちらに見せ、東西南北に嘴《くちばし》を突き出している。つまり、この四つの烏の目を血で染めればよいということだ。ごてごてと何文字も入り組んだ形の烏文字が記されている本物よりも、すっきりしていてわかりやすい。

「なんだか耶蘇教《やそきょう》のお祈りで使う道具みたいな形だねえ、この烏文字は」

「だからこそ、耶蘇教を信じている異人の殿方も、誓いを立てやすいのです」

わざとそう見えるように作ったのだからねと、鏡は心の中で呟いた。

外国人の多くが信じる耶蘇教には、人が死んだあとに生まれ変わるという考えはない。自ら死を選ぶなどもってのほかで、地獄に落ちる愚かな行為と固く忌避されているのだと、どこかで聞いた。

だから、あの世ではなくこの世での想いを誓い合う心中箱は、彼らの神の教えに反するものではない。そのことは、この烏文字を見れば、言葉がわからずともきっと伝わるはずだ。

「この四ヵ所ある烏の目にすべて、血を垂らせばいいのかい？　署名と『きしょうの事』は、牛玉宝印の作法に倣って書けばいいんだね？」

「烏の目を染めるのは〝血〟であればよいのです。署名も『きしょうの事』も、省いたとして差し支えはありません。大切なのは互いに強く想い合う〝信実〟の心ですから、それさえ込めればわざわざ文字に起こさなくても平気なのです。できあがった誓紙は箱の底に敷くようにして折り畳まずに置いてくださいね。ああ、魂の欠片も、その上に忘れずにお入れになって。魂の欠片というのは……」

鏡は奉書紙を格子の隙間から差し込んだ。

「見つけたぞ、このあばずれ！」

ひいっ、と格子の先の女が煙管を落とした。

通りの先から血走った目の女が解けかかった髪を振り乱し、ずんずん間を詰めてくる。鏡の前で立ち止まると、懐から木箱を取り出して中を見せてきた。断面に骨が見える小指と、その倍ほど大きい米粉で作られた指が入っている。

「あんたの言ったとおりに魂の欠片を入れたのに、あの人は自分の国に帰っちまったじゃないか。どうしてくれる！」

「まあ、かわいそうに。でも、こんなふうに二人して違うもんを入れたら、それは魂の欠片とは言えないんじゃないの。互いの想いがより強く宿るものを二人で揃えて入れねばならないのは、箱を渡したときに伝えたとおり。言いがかりは堪忍だよ」

あっけらかんと返す鏡の襟を、般若面の女が摑んで引っ張った。笠が後ろに落ちる。女は奇声を発しながら反対の手を振り上げると、小指のない手に握った小刀を鏡に向かって振り下ろした。

頭を両手で庇う。周りで悲鳴が上がり、続いてどよめきが起こった。

おそるおそる顔を上げる。鏡と女の間に、大きな男が割って入り、女の手首を摑んでいた。

仰々しい帽子の隙間から覗く赤みがかった栗色の髪が鬚まで繋がっている男。全身を包む濃紺の装いは逞しい筋肉に押し上げられて、ひどく窮屈そうだ。袖口から覗く手首には、髪と同じ色の体毛が纏わりついている。暗がりで出くわしたら熊と見紛《みまが》って腰を抜かしそうながっしりとした身体だ。

「なんでだよ、あたしはただあの人とずっと一緒にいたかっただけなのに、気を持たせるようなマネしやがって、あんまりじゃないかよお……」

小刀が手から零れて足元に転がる。気が削《そ》がれてへたり込んだ女を、集まってきた男衆が取り押さえた。

熊男がこちらを振り返った。

鏡よりもはるかに年上に見える気難しそうな顔立ち。それに似合わず朽葉《くちば》色の目は透き通っていて眼差しが柔らかい。熊男は鏡を一瞥《いちべつ》すると、大股で人混みに紛れて行ってしまった。

鏡は崩れた着物を直しながら、声を上げて泣く女を見下ろした。

まさか、異国の男に助けられるだなんて。

鏡は明日、慶庵の周旋で夫となる人物と顔を合わせる約束になっている。すべてあの怪しげな侍が手を回して段取りを整えたのだ。

生まれた国の違う男女が溢れる港町横浜で心中箱を広めることで、安穏とした江戸では見つけられない男女の〝信実〟を目の当たりにすることができるかもしれないと間者の任を引き受けたが、事はそう上手く運んでくれないらしい。

心中箱を配るだけでは〝信実〟に辿り着けぬというのなら、もはや自ら綿羊娘になることを次の一手とするほかないのかもしれない。

路地木戸の柱の陰から、鏡に目配せをしている男がいた。それを横目に、鏡は笠を拾った。


「やはり異人の男というのは、余所《よそ》の国の女には本気にならぬものでしょうか」

緋毛氈の茶席に腰かけて団子を頰張りながら、鏡は呟いた。

「それはそうだろう。好き合っていたとしても所詮は束《つか》の間《ま》の関係。異国にいる間の慰めとして抱いた異教の女から共に指を落として宝にしないかと持ちかけられたところで、頷くすきものはそうはおらぬだろう」

背中側に座る男が答えた。一ヵ月ほど前に江戸で出会ったときの藍色の役羽織姿から打って変わり、木綿縞の着物に羽織姿という町人ふうの出で立ちをしている。

「そこまでご存知なら、なぜ横浜に来る前に教えてくださらなかったの」

「そなたがまさかまだ心中箱をばら撒こうとしているとは思わなかったものでな」

「まったく、これでは一体どちらがイカサマ師か、わかったものではありませんね……」

外国人が心中箱を真に受けることはないとわかっていたら、横浜くんだりまでやってくることはなかっただろうに。

男の方へ身体を捩《よじ》ると「こちらを向くな、知らぬふりをせい」と低い声で言われた。

「これは失礼、粟菱様」仕返しにわざとはきはき呼びかけてやると、男は鼻から息を吐きながら「まだ慣れぬな、その名には」と腕を組んだ。

粟菱寿衛郎次。間者の任を持ちかけてきたこの男に、鏡が付けた名だ。装いを偽ってまで素性を明かさないようにしているのなら偽名があった方が都合が良かろうと、鏡が覚えたてのあるふぁべっとなる外国の文字を使って、考えてやったのだ。

「アタシにとって大切な二文字を入れて差し上げたのです、誇らしいでしょう」

「恩着せがましいやつだ。偽りの名など、なんでもよかろう」

「こういう遊び心があった方が、いかにも手口の鮮やかな悪人のようだとは思いませんか」

「拙者は悪人ではない」

笑い声を抑えて片えくぼを作る鏡に、粟菱は険しい顔を向けた。

悪人でないのなら、なんでこんな半端な場所を選ぶんだか。

つなぎをとるのに、鏡は神奈川宿の台《だい》町はどうかと申し出た。横浜に近い分、夫から許しを得て一人でも出向きやすく、足繁《あししげ》く通ったところで余程のヘマをしなければ疑われることもないだろうと踏んでのことだったが、にべもなく断られた。

「間者というのは密《ひそ》やかでなければならないのだ。用心を重ねすぎるということはない。神奈川宿は其処此処《そこここ》に異人の目が光っている。万全を期し、東海道の宿場町は避けよう」

そう言って粟菱が代わりに選んだのは、芝浦《しばうら》だった。

芝浦には、ほんの二ヵ月ほど前、万延元年五、六月の頃から掛茶屋が建ち並び始めた。品川沖に停泊する黒船の見物にもってこいの立地であったために、人が集まるようになったからである。

芝浦には仮桟橋があり、沖の軍艦で働く外国人たちはこの桟橋を通って江戸に入っていく。日本人は桟橋の上を行き交う外国人たちを面白がって見物し、人によっては遠眼鏡まで持ち出していた。

そんな見物客らを取り込もうと、寿司《すし》やらおでんやら酒まで出す葭簀《よしず》張りの仮茶屋が七、八ばかり軒を連ね、どの店も若い娘を五、六人置いて客をもてなしていた。

なかでも、鏡が席を取って休んでいた萬清《まんせい》は、高輪にある有名料理店「萬清」が開いた掛茶屋で、芝浦の茶屋街で最も店が大きく、繁盛していた。

粟菱が目に留まらぬようにと用心しているのは、外国人にではなく神奈川奉行所の役人になのだと鏡は勘付いていた。

外国人の目を掻い潜ろうとするならば、目と鼻の先に外国の船がある場所を選ぶ道理はない。だが、神奈川奉行所の役人の目に留まる偶然は神奈川宿よりは少なくなるだろうから、ここが適しているのかもしれない。

「明日はそなたも品定めの会食があるだろう。異人はともかく慶庵には迷惑をかけるなよ。呑《のん》気《き》に団子なんぞ食っていないで、早《はよ》う戻って支度をせい」

陽が傾きはじめた空を見上げながら、粟菱が厄介払いするように素っ気なく言い放った。はるばる芝浦まで呼び出したのはそっちじゃないか、と胸中で不平を並べながら、鏡は団子のなくなった串をわざと背後に投げて茶席を立った。

翌朝の昼時、粟菱が手を回した慶庵の男と「海桜亭」という豪奢な料亭で落ち合った。

二階の座敷に上がり、脚の長い椅子の心地の悪さに身じろぎをしていると、襖障子が勢いよく開かれた。

熊のような大きな身体に、濃い赤茶の体毛、濃紺の装い。

「あんた、昨日の……」

熊男は険しい顔つきをしていたが、鏡を見るなり顔を綻ばせた。

煙草道具一式が置かれた机を隔てた向かいに、熊男に続いてもう一人、物腰の柔らかな黒い上着姿の外国人が腰を下ろした。

「こちらは、ロイヤル・ネイヴィーの、アラステア・バーキット大佐です」

黒い上着の外国人は日本語で言いながら隣の熊男を手で示した。

「それから、わたくしは、ヘンリー・ヒュースケンと申します。日本にはアメリカのお仕事で来ましたけれども、日本語ができますので、いろんな国の人と通弁の仕事をしているのです」

ヒュースケンは思い出したように被っていた帽子を脱いで、深く礼をした。

「ムスメガール?」

バーキットから野太い声が降ってきた。

「へえ、左様で。これは、お鏡といいやす」

鏡の隣に座っている慶庵が組んだ手を揉みながら答えた。

「ヴァージン?」

「まったくそのとおり、生娘でございます」

バーキットは頷くと、鏡の顔ほども大きい右手をずいと突き出してきた。

「オキョウサン」

武骨な親指と人差し指に摘まれて、真紅の花弁が重なった鮮やかな花が、鏡に向かって開いていた。バーキットが何かを呟く。

「お鏡さんは、まるでこの薔薇《ばら》のようです」

横からヒュースケンが通弁した。

「棘《とげ》があってかわいげのないヤツだって言いたいのかい……」

薔薇は江戸にも咲いている。だが、棘だらけで怪我をするかもしれない花を、どうして誰かに贈ろうなんて思うのか。

虫の居所が悪くなるのをごまかすように、無理やり笑顔を作った。にゅう、と現れた片えくぼに、バーキットは口元を緩め、さらに何かを言った。

「えくぼも素敵ですと、バーキットさんが――」

「どうも、こいつもアタシにとっちゃ縁起が悪い代物でね」

幼い頃に不吉だと言われたことを思い出し、つんけんと、拗《す》ねたように声を張った。

バーキットが身体を揺らしながら立ち上がった。鏡の全身が一瞬で影に包まれ、総毛立つ。

鏡は頭の後ろに手を回し、かんざしを一本、抜き取った。

「触らないでおくれっ」

かんざしを逆手に持ち、身体の前で大きく振りかぶった。

鋭く尖った先が何かに食い込む衝撃が手に伝わった。大きな白い左の掌に、赤い椿のかんざしが深々と根を張って咲いた。

いやな汗が鏡の頬を伝って滴り、着物の色を濃くした。

「刺すつもりは……」

かんざしから震える手を離した。

赤椿越しに見える朽葉色の瞳が潤んでいる。

バーキットは薔薇を握った右手でかんざしを抜き取った。薔薇と赤椿を、抉《えぐ》れた左手の傷口に添えるように並べて置き、鏡に差し出した。かんざしは中ほどで真っ二つに折れ、鋭いさきの方は血で染まっていた。

「いらないよ、そんな安物、くれてやる」

白い手を払いのけ、勢いよく立ち上がった。

慶庵の声に聞こえぬふりをして、入り口の襖障子を外れそうなほど思いきり開いた。

背中越しに、ヒュースケンがバーキットに囁く声が聞こえた。

捨《す》て台詞《ぜりふ》まで伝えずともよいのに。

唇を噛みしめながら廊下に出て、後ろ手にぴしゃりと襖障子を閉めた。


「この大馬鹿者めが、片意地なんぞ張りおって！」

一昨日と同じように萬清茶屋で茶席に腰を下ろすと、待っていた粟菱から雷を落とされた。

「これから妻になろうというのに、夫を殺めようとするとは」

「殺めようとはしておりません。少しばかり戯れが過ぎただけでございます」

鏡は拳を震わせている粟菱に向かって口を尖らせた。団子を頬張る鏡の横顔に鋭い目が向けられる。

「間者は密やかでなければならないのでしたね。粟菱様もこちらを向かず、知らぬふりをなさっては？」

悪びれない口調に、粟菱は眉頭を押さえて唸った。

——お鏡、堪忍だよ。

不意に、すえの声が響いてきた。

声は団子を咀嚼《そしゃく》するにつれて、鮮明になっていく。

時折、すえの幻はこうして浮かび上がってきて、少し遠くから呼びかけてくる。

きっと男女の〝信実〟を目の当たりにし、彼女の死が無駄ではなかったことが明らかになるまでは、この亡霊は鏡に付きまとうのだろう。

「姉さま、こっちが堪忍だよ」

団子のなくなった串を、沖の軍艦が吐く蒸気を払うようにひらひらと振ってみる。

あの熊男も、ああいう偉そうな船で働いているのだろうか。

ぼんやりそんなことを考えながら串の動きを速めていくと、すえの幻はのどが煤けそうな潮風に溶けていった。要らなくなった串を、一昨日と同じように背後に投げ捨てる。

「危ないっ」

唐突に粟菱が叫び、鏡を通りの方へ突き飛ばした。今の今まで座っていた緋毛氈に、店の葭簀が飛んできて覆い被さった。

店の内外から悲鳴が上がる。

横倒しになった葭簀の上には地廻りと思しき若い男が仰向《あおむ》けに倒れており、こめかみから血を流して呻いていた。

「離せ、かかってこんかあ」

船頭ふうの男が一人、顔を梅干しのように真っ赤にして、店の中で拳を振り回していた。

「落ち着け、松蔵《まつぞう》さん。こんなしょうもねえやつを殴ったって、穢《けが》れんのはあんたの拳だよ。相手にすんなって」

汗みどろになった萬清の主人が、暴れる男を背後から取り押さえている。

「うるせえ、大切な娘をコケにされて、黙っていられるやつがあるかっ」

「後ろめたいからそこまで怒るんだろう。綿羊娘を看板娘にするなんて、萬清さんも落ちたもんだ」

よれよれと立ち上がった地廻りが、野次馬に聞かせるように大仰な口ぶりで言い放った。

「綿羊娘ってのは、異人と妾になる契約を結んだ娘のことだろう。うちのお里《さと》は異人とそんな約束事を一切しちゃいねえから、綿羊娘じゃねえ」

「どうだかね。大方、可愛《かわい》い顔をして、いろんな男をたぶらかしていやがるんだろうよ。危うくおれも謀られるところだったぜ」

「こいつ、手をついて詫《わ》びようがもう許さんぞ、内海の藻屑《もくず》にしてやるっ」

松蔵は血走った目をかっと見開いて駆け出した。

地廻りに向かって拳が振りかぶられた瞬間、粟菱が間にすっと滑り込んだ。粟菱は振るわれた拳を半歩だけ身を引いて躱《かわ》すと、素早い動きで松蔵を打った。松蔵は短く呻いてから気を失った。

「失《う》せろ。まだ続けるというのなら、拙者が相手になろう」

粟菱に睨まれた地廻りはひいっと悲鳴を上げ、鏡が立っている方へ駆け出した。

鏡は足元に転がっている赤紅の野点傘《のだて》を拾い、地廻りの行く先に突き出した。

地廻りは脛《すね》をぶつけ、見事な宙返りを披露して地面に背中から落ちた。

「なにしやがんだ、この女っ」

「これは失礼。つい手が出てしまいました」

鏡が地面に背中をつけた地廻りに、低い声を降らせる。

頭の中でなぜかあの熊男がこちらに向かって微笑みだした。鏡のせいで縁が結ばれず終いになったはずの男なのに――。

握る野点傘に力を込めて差し向けると、地廻りはふらふらと茶屋街を出ていった。

「おとっつあん！」

店の奥から、丸くてふっくらした顔だちの娘が飛び出してきた。

「これ、お里。危ないからまだ隠れてろって」

「あのしつこいお客さんはお帰りになったようですから、平気です」

里は萬清の主人に返しながら粟菱と鏡に会釈をし、地べたに伸びている松蔵に駆け寄った。

「お鏡」粟菱が通りの先に目を向けながら囁きかけてきた。

「拙者はこれにてご免。あとは頼んだぞ」

早口で言い残すと、粟菱は羽織を翻してどこかへ行ってしまった。

「お里さん！」

陽気な、片言の日本語が聞こえた。

黒い上着と帽子を身に着けた男が、粟菱の見ていた方から馬に乗って近づいてくる。すぐ後ろには漆黒の役羽織を着て刀を差した奉行所の役人が付いている。

「通弁の、ヒュースケン殿」

馬を停《と》めたヒュースケンは鏡に気づくなり「ああっ」と声を上げた。

「あなた、憶《おぼ》えてます、バーキットさんのヨコハマ・ワイフの、えっと、そう、お鏡さんです！」

里と鏡が並んでいるのを見て、ヒュースケンは満足そうに頷いた。

「お鏡さん、お里さんと仲好《なかよ》しでしたか。わたくし、知りませんでした。お里さん、わたくしとラヴの間柄です。わたくし、お里さんのお酒呑みにいつもここ来ます。お仕事あるなし、関係ないです」

「もう、ヒュースケンさま」

上機嫌なヒュースケンを前に、里は真っ赤になって両腕を身体の前に寄せ、もじもじとやっている。

里が綿羊娘と言いがかりをつけられるわけが、呑み込めた気がした。

二人をヒュースケンに付いてきた役人が、咎めるでもなく見つめている。おそらくは神奈川奉行所の目附役だろう。粟菱もそうと察して逃げたに違いない。

「ヨコハマ・ワイフ……あなた、綿羊娘でいらっしゃるの？」

言いながら、里がまじまじと見つめてくる。鏡は首を横に振ったが、ヒュースケンの揚々とした「はい、もうすぐそうなります」の声に掻き消されてしまった。

「バーキットさん、遊廓島でお鏡さんを見て、惚《ほ》れてしまったと言いました。だからわたくし、いろんな知り合いに、片えくぼの娘さんを知りませんかと聞いて回りました。そうしたら、明日にでも口入れ屋さんからどこぞへ妾に出されるというではありませんか。だからバーキットさん、大急ぎで口入れ屋さんの店に行って、どうしても自分の妻にほしい、給金は言い値を出すからとしぶとく頼みました。お店の人がお金くれるなら構いませんと言ったので、お鏡さんはバーキットさんのヨコハマ・ワイフです！」

ヒュースケンは身振り手振りを交えて里に得意顔を向けた。

自分の与《あずか》り知らぬところで、そんなふうに話が進んでいたとは……。

「バーキットさん、お鏡さんのプレゼント、とても喜んでました。今宵《こよい》はいつ頃くるのかと、愉しみにしていましたよ」

「ぷれぜんと？」

「贈り物のことです。海桜亭でバーキットさんにくれてやった髪飾りです！」

「あれはそういう意味では……」

言いかけて、口籠った。顔が意思に反して熱い。

――バーキットさん、遊廓島でお鏡さんを見て、惚れてしまったと言いました。

「……アホらし」

鏡は頰に手を当てた。熱を逃がしたいのに、余計に熱くなっていく。いたずらに胸をどぎまぎさせ掻き乱すものに、ひとりでに目が泳いだ。

地廻りとの大立ち回りで派手に壊れた茶席や野点傘は、萬清の主人や近場の男衆がせっせと片付けたものの、軒先は見栄えがしなくなってしまったうえに遠巻きにひそひそとやられる始末であった。

ヒュースケンと彼に随伴している黒川佐仲《くろかわさなか》という神奈川奉行所の目附役は軍艦から呼ばれていたらしく、二人は意識を取り戻したばかりの松蔵を連れて桟橋の方へ行ってしまった。

「父はそこの桟橋から軍艦に渡る小舟の船頭なんです。ヒュースケンさまを乗せているうちに親しくなって、今ではお酒を呑み交わすくらい仲好しなんですよ」

鏡が店の奥の床几《しょうぎ》でおでんを食べながら松蔵の消えた方向を見つめていると、隣に座る里がそう教えてくれた。

「ここのご主人は父と懇意の間柄なんです。その縁で、茶屋を出すからぜひ手伝ってほしいと頼まれて、お引き受けしたのです。いざ店を開いたら、見込み以上に繁盛はしましたけれど、先ほどのような殿方が黒船そっちのけで集まってきては朝から酒を呑んで騒ぐようになってしまったのです」

言いながら、里は小さな口で大ぶりな田楽を頬張った。

里は女の鏡から見てもかわいらしい娘だった。絶世の美人ではないが、水を弾くような白い肌と黒豆のような艶めく両目、それらが作りだす、恥じらう仕種《しぐさ》や染み込むような淑《しと》やかさが、男を魅きつけてやまないのだとよくわかる。

「ヒュースケンさまは一ヵ月ほど前、父がこの萬清へ連れてきたのです」

ヒュースケンは米国の総領事タウンゼント・ハリスの秘書兼通弁官として日本へやってきていた。米国が公使館を置いている麻布の善福寺《ぜんぷく》での仕事が中心だったが、品川沖に黒船が停泊すると善福寺よりも芝浦での仕事が忙しくなった。

和蘭出身のヒュースケンは母語の和蘭語に加えて英語、獨逸《どいつ》語も堪能《たんのう》で、それらを日本語に通弁することができた。

日本人にとって外国語といったら和蘭語がせいぜいで、英語や獨逸語は耳にしたことすらない者が大半だった。そのため、幕府が各国の特命全権大使らと話をする場には、幕府が連れてきた日本語と和蘭語の通弁官と、相手方が連れて来た和蘭語と相手国の言葉の通弁官、二人の通弁官を同席させることが常であった。

当然、一言交わすのにもそれなりの時を要する。それに、間に人を二人も挟むものだから、発言の意図が大なり小なり捻じれて伝わることは避けようもない。しかも、この不便をいいことに、思わしくない申し出があったときに幕府の役人は通弁具合が悪いものでとのらりくらりとその場をごまかしたり逃れたりしようとするものだから、なおのことたちが悪いのだった。

ヒュースケンはこの不都合をなくすことができる稀有《けう》な人材だった。和蘭語を介さずに日本語と英語、さらには獨逸語との間に橋を架けることができるこの通弁官は、欧米各国から引っ張りだこにされる重宝ぶりであった。

そんなヒュースケンと松蔵の二人が萬清で酒を愉しむ様子を、里はいつも物陰に隠れて見守っていた。

茶屋の天井にぶつからんばかりの大きな身体、色の薄い肌と双眸、整然とした髪とひげ。山のように飛び出た帽子と身体に張りついたような黒い装い。父親が親しくしている相手とはいえ、姿も身なりも風変わりな異国の人は、里をひどく萎縮させていた。

あるとき、いつもどおり葭簀の陰で身を竦ませていると、松蔵に呼ばれてしまった。

「ヒュースケンさん、これが、おれの娘のお里です」

赤ら顔の松蔵は、酔いどれよりも真っ赤になっている小柄な娘の背中を押し、ヒュースケンの隣に座らせた。

「あなた、松さんの娘ですか」

ヒュースケンは日本人のするように、深々と礼をしてみせた。

つられて里も礼を返したが、それ以上は身体が石のように固まって動かせなかった。胸のあたりが暴れ馬のようになっていて、顔も着物の下も滝のような汗でびしょ濡れになっていた。

ヒュースケンは里をいたく気に入ったようで、以来、萬清に足繁く通うようになった。

里は初めのうちは目を合わせるどころか、顔を上げることもできなかった。だが、朗らかで日本人の子どもたちにも好かれ、荒々しいところのないこの若者に、次第に心を許すようになった。里が覚束《おぼつか》ない手つきで三味線を弾き、それに合わせてヒュースケンが片言の都々逸《どどいつ》を唄う。そんな日々が、いつしかかけがえのないものに変わっていた。

「ヒュースケン殿は異国の殿方だよ。本当に異郷の女である自分を想い続けてくれるのか、心細くならないの?」

鏡が訊ねると、里は力強く首を横に振った。

「異国の殿方かどうかは関係ありません。あたしはヒュースケンさまの真心に焦がれたのです。あの方があたしに与えてくださるものは、一つ残らず素直に、誠実に受け止めよう。共に過ごすなかで、あたしはそう決めたのです」

里は田楽を皿に置き、膝に手を置いて力強く握った。今の今までおどおどしていたのが嘘《うそ》のように、二つの艶めく黒豆に一途《いちず》な光が溢れている。

「真心、ねえ」

――バーキットさん、お鏡さんのプレゼント、とても喜んでました。今宵はいつ頃くるのかと、愉しみにしていましたよ。

思い出しただけで、あの熱がまた胸に満ちはじめた。

「アタシも、信じてみても、いいのかしら」

一途に、素直に、あの熊男――バーキットがぶつけてくるものを。

一度だけ。そう、今宵の一度きりなら。


里とヒュースケンに会ったその日の晩、鏡はバーキットの住まいを訪れた。

障子を開くなり、酒の臭いに顔をしかめた。

蠟燭に照らされた座敷に、三鞭酒《シャンペン》の空き瓶が幾本も転がっている。その中心には布団が雑に敷かれており、バーキットはその上でこちらに背を向けてあぐらをかいていた。足首まで丈のある白い一続きの寝間着に着替えており、片手には呑みかけの酒瓶を握っている。

バーキットは鏡を振り返るなり、しまりのない赤ら顔をさらに蕩《とろ》けたように崩した。酒瓶を畳に置き、ふふん、と声を鼻に抜きながら鏡に手招きをした。

壁に赤い椿が見えた。衣紋《えもん》掛《か》けに掛けられた濃紺の上着の胸元、英国海軍の徽の裏に、折れた鏡のかんざしが差し込まれている。

「こんなもの、さっさと捨ててしまえばよろしいのに」

「ラヴノ、クレテヤル、ウレシイデース」

大柄な身体を、ゆさゆさと心地よさそうに揺するバーキット。

こんなにもだらしない酔いどれ姿で酒臭いのに、海桜亭で顔を合わせたときのような不快な気持ちには、なぜかならない。

白く大きな左手を、鏡は両手で掬い上げた。いいかげんに手相を見るときよりもずっと真剣に掌を見つめる。

巻かれた木綿の中心に血が滲《にじ》んでいる。物を摑めばひどく痛むだろう。軍艦での仕事にも差し支えがあるに違いない。そんな傷を負わされてもまだ、固く大きい身体に似合わない柔らかな笑顔を、易者の真似事くらいしか能がない女相手に咲かせるのか。

立ち上がり、濃紺の上着からかんざしを抜き取って、木綿の赤い染みの上にそっと載せた。

「アタシが差し上げたものだから、大切にしてくださいまし……旦那様」

空け放たれた障子から風が吹いて、ふんわりと酒のにおいを追いやるように甘い匂いが漂ってきた。部屋の端の花器に薔薇が一輪、活《い》けられている。

鏡がつんけんとして受け取らなかった贈り物の花。手を伸ばしても届かなかったが、バーキットが長い腕で引き寄せてくれた。棘を避けて摘み、鼻に近づける。

「芳しい香りがするのですね、薔薇というのは」

バーキット――夫に出逢わなかったら、生涯ずっと嫌な花だと忌避していたに違いない。

帯が緩められ、鏡の肩から着物がするりと落とされた。襟を掻き合わせることはしなかった。花器に薔薇を戻してから、鏡はバーキットの首の後ろに手を回した。


「まあ、それで、旦那様のお住まいで共に暮らすことになったのね、素敵！」

鏡がバーキットの妻となって七日が経った、昼四つ（午前十時頃）。

芝浦の萬清茶屋で再会した里は、軒先の茶席に並んで座り、鏡が赤くなるのをごまかそうとしきりに頬を擦《さす》りながら語るバーキットとの話を、瞳を輝かせて聞いていた。

鏡が微笑むたびに現れる片えくぼを里に見つめられ、面映《おもは》ゆい。

「お里さんも、えくぼなんて不吉だと思う？」

「いいえ、とてもかわいらしくて、あたしは好きです」

首を横に振ってから、里は通りの先に目を向けた。客のいない間はきまって、里の名を呼びながら駆けてくる陽気な若者を待ち焦がれている。

「今日もいらっしゃらない……最後にいらしたのは、このまえお鏡さんに初めて逢った日だから、もう七日も前のことなのに」

里が客の男たちに罵られるようになったのは、ヒュースケンが三日にあげず萬清茶屋を訪れるようになった頃からだ。

「ヒュースケンさまは、あたしが聞くに堪えないそしりを受けていることにお気づきになったのかもしれません。近頃はめっきりいらっしゃらなくなりました」

「お里さんは、それでいいの？」

「そんなことありません。つまらない妄言に心を痛める暇があったら、ヒュースケンさまと一言でも言葉を交わしたい。隣に座って手を握り合っているだけでもいい。これは、身のほどを弁《わきま》えぬ願いなのでしょうか」

里は鏡に力強く言い切ったあとで、すぐに深い溜め息を吐いた。

「あたし、お鏡さんが羨ましゅうございます」

「どうして？」

「大好きな自分の旦那様のお顔を、毎夜見ることができるんですもの」

里はしゅんとして、野点傘の落とす影を見つめた。

三日前に見た光景を鏡は思い出していた。

ヒュースケンが里ではない女を連れていた姿だ。

齢二十八のヒュースケンだが、まだ本国に妻子はいない。しかし、彼は里に出逢うより以前に鶴《つる》という洋妾を迎えていた。

外国人が日本で妾を二人、三人と持つのは、ありふれたことだ。

鶴とヒュースケンの間には近く、子が生まれると聞いた。

彼が鶴の膨らんだ腹に注ぐ慈しみの眼差しは、形ばかりの関係ではあり得ないものだった。

ヒュースケンは里のことも心から想っているのだろう。七日前の、里の顔を見るなり幼い少年のような笑みを浮かべて駆け寄ってきたあの姿を見たら、嫌でもわかる。

　だが、里は綿羊娘ではない。慶庵の仲立ちした契約で結ばれた夫婦ではないのだ。ただ茶席でささやかなひとときを過ごすだけの関係は、傍からみれば好き合う二人というより、ともすれば友人同士と映るかもしれない。

　ヒュースケンが選んだ妻であり、契約を結んだ正式な妾であり、子も身籠っている鶴。そんな女に勝るものが、里には何一つないのだ。

「わかっているのです。あたしはヒュースケンさまの何にもなれぬ女。天ぷらの丼の先には行けぬと、弁えねばなりません」

「天ぷら丼？」

「目附役の黒川様が、そうおっしゃったのです。ヒュースケン様が英語でおっしゃった言葉を、黒川様が、あたしとヒュースケンさまが〝天ぷら丼〟の間柄であるとお聞き間違えになったのです。おかしいでしょう。ヒュースケンさまも腹を抱えて笑っておられました。あたしもついくすくすとやってしまって」

「本当は何とおっしゃったの」

「プラトニック・ラヴ――肌を重ねることなく心の繋がりだけで想い合う二人の在り方を、異国ではそう呼ぶのだそうです」

　肌を重ねない男と女。それはただの他人同士であり、好き合う二人とは言えないのではないか。

　首を傾げかけたとき、目の端にすえの幻が見えた。目で何かを訴えかけている。

　これが、威吉兄さんと成し得なかった〝信実〟の想いだというのですか、姉さま。

隣で頬を桜色に染めている里の横顔に目をやった。

「お里さん」

鏡が里の両手を取った。

「こんなことを訊くのは、無粋で、とんでもなくはしたないことかもしれませんけれど――どうか、はっきりとおっしゃってください。ヒュースケン殿の一番の女になりたいと。心の奥底で、そう願っておられると」

里は逃げるように顔を背け、目を泳がせた。

「い、意地の悪いことをおっしゃらないで」

「どうしても、あなたの口からはっきり聞きたいのです」

「そんな――」

「教えてください、お里さん。アタシに〝信実〟を――〝信実のラヴ〟見せてくださいまし！」

昂《たかぶ》るうちに、接吻《せっぷん》してしまいそうなほど近くまで迫っていた。

里は泣きそうな顔で固まっていたが、やがて深呼吸をし、ごくりとのどを鳴らした。

「一番に、なりとうございます」

細い声には、水底に沈んでいく石のような重みが宿っていた。

手が、強く握り返される。

「あたしは、ヒュースケンさまの一番の女になりとうございます！」

解き放たれたように里は叫んでいた。

茶屋の前を通る人々が目を見開き、口を半開きにしてこちらを見ている。店の奥では萬清の主人が、声に驚いた拍子に皿を落として、客に頭を下げていた。

鏡は膝を抱えて背中を丸めた里の肩に手を回し、宥めるようにさすった。

里が鶴に気後れしているのは、ヒュースケンと想い合っているという証を何一つ持っていないからだ。

鶴が持つ、夫婦の契約や子という強い繋がりに気後れするのならば、里もまた形ある証を手にすることで、強くなれるはずだ。

そして、その想いの証となるものを、鏡は彼女に与えることができる。

「お里さん、これを受け取っていただけませんか」

鏡は懐から木箱と奉書紙を取り出し、顔を上げた里の膝に載せた。

「何でしょう、これは」

「心中箱といって、まじないの道具です」

「心中箱、噂は耳にしたことがあるけれど……」

鏡は里に心中箱の作法を教えた。

「こんなふうに目に見える形で想い合う証を残せるのです。互いを女夫星と信じ、必ず添うのだと固く誓い合う二人を結ぶ不思議の箱。ヒュースケン殿と魂の欠片を封じたなら、お里さんのプラトニック・ラヴは、お鶴さんを凌ぐに違いありません」

里は艶めく黒豆を震わせ、木箱と奉書紙に見入っている。

男と女が重ねるべきは、肌ではなく魂だった。

異国にはここにない言葉がたくさんある。ヒュースケンが里に伝えた〝ラヴ〟もその一つだ。プラトニック・ラヴ、すなわち〝信実のラヴ〟――言葉がないからこの国の言葉でうまく表すことはできないが、もしこの〝信実のラヴ〟をすえが威吉と共に目指せていたならば、彼女は死なずに済んだのではないか。

〝信実のラヴ〟をしかとこの目で確かめられたなら、すえの死は無駄ではなかったと納得できるかもしれない。

〝信実のラヴ〟は必ずある。なければならない。

そして、それを証明するのは、今まさに鏡が里に託した心中箱だ。

心中箱はかすがいだ。そのまじないを成立させるには、運命を越えようとする男女の剝き出しの魂の叫びを封じねばならない。

だから、鏡は信じることに決めた。

この里を、ヒュースケンを、二人のプラトニック・ラヴを、その先に見出《みいだ》せるに違いない〝信実のラヴ〟を。

「まじないなんて、ヒュースケンさまは信じてくださるかしら」

木箱を抱きしめる里に、鏡は片えくぼを向けた。

鏡が里に心中箱を託そうと思い立ったわけは、もう一つあった。

一人の女としての、ごく自然な感謝の気持ちからだ。

「もっと自信を持ってください。これは、アタシからのお礼でもあるのです。アタシと旦那様を繫ぎ止めてくださったのは、お里さん、あなたなのですから」

自分の頭の後ろに手を回してそっと突くように触れた。赤い椿が咲いていた場所に大振りな薔薇が一本、挿さっている。

「あら、薔薇なんて珍しい。でも、棘があって痛いじゃないの」

幾重にも重なった花弁に、里が首を傾げた。

「いえ。悪くないものですよ、薔薇って」

鏡の口から、思わずふふっと笑いが洩れた。

伊佐　其の三

「さあ、早く身支度を整えて、メイソン大尉殿のお宅へ行くぞっ」

　幸正に急き立てられ、伊佐は化粧台に飛びつくようにして座った。顔に薄く白粉《おしろい》を塗り、大慌てで着替えを済ませる。

「いくら町娘とはいえ、これだけでは見栄えがしないのではないでしょうか」

「そんなことねえ。かえっていい。ごてごて着飾るよりも、男の目には婀娜《あだ》っぽく映るものさ」

　言いながら、幸正は御簾紙《みすがみ》の束を差し出した。腕を抱いて顔をしかめたが、ずいと手を鼻先まで突き出してきたので、渋々受け取り、寝具代わりになる羅紗と箱枕と併せて風呂敷に包んだ。続いて木箱も詰めようとすると、そんなもんは置いていけと幸正に言い張られたので、仕方なく茶簞笥にしまった。

　あんな粗相をしておきながら、気に入ってもらえたなんて。

「失礼ながら、大尉殿はすきものなのでは？」

　いつもどおりの下駄に足を通してしまい、慌てて草履に履き替えた。

いくらも歩かぬうちに空の柿色は消え、灯りの類しか見えなくなった。手に持つ提灯の火が濃くなっていく。

「明日からは一人で歩いていくんだから、道を覚えな」

草履がかさかさと音を立てるのを聞きながら、着物の褄《つま》を取って幸正に足早についていく。

日本人町を抜けて境界の道までやってくると、海風が左の内海から右の沼へ駆けていった。潮の匂いを追うように顔を右へ向ける。

沼にのびる一本道の先、開かれた大門の奥に一際強い光が満ちている。

眠らぬ港崎遊廓の灯り。暮れ六つはもう過ぎたから、気前のいい旦那方は引手茶屋で宴を愉しみ、懐に余裕のない男たちは張見世や局見世の前で遊女に煙管を差し出されながら、登楼《あが》る相手を吟味している頃だろう。

不夜城は、ほかのどんな場所よりも目映《まばゆ》かった。

男たちの内から溢れる淫らなものが生み出す輝きを、心ならずも美しいと感じてしまうことが、たまらなく煩わしい。

外国人居留地に踏み入ると、自然と忍び足になった。

木造家屋の建ち並ぶ様は日本人町と変わらないのに、ずっと迫力がある。物陰から今にも野犬が飛び出してきそうだ。

やがて、一軒の平屋の前で、幸正が足を止めた。

「用心しろよ、お伊佐……」

幸正に寝具の入った風呂敷を渡された。

「案ずるには及びません。大尉殿がなぜあたしを選んでくださったのかはわかりませんが、遊女殺しとか祟りとか、そういう世迷言《よまいごと》の類をあたしは信じていませんから」

言いながら振り返った。提灯の火では、幸正の表情は陰って見えなかった。

「もし、メイソン大尉殿。伊佐をお連れしました」

戸口の前で幸正が淡々と呼びかける。戸の向こうで身じろぎする気配がしたあと、英国のものらしき言葉が短く返ってきた。

幸正はそっと戸を開くと、伊佐の背中を押して中へ入れ、また外から戸を閉めた。足音が遠ざかっていく。

「旦那様、伊佐でございます」

碧い宝石に見つめ返され、背筋がぴんと跳ねるように伸びた。

英国の寝間着なのだろうか、丈が足首まであるゆったりとした白い麻織物の長袖の服を纏っている。

「イシコローヤノ、オイササン」

「こ、こんばんは」

メイソンは伊佐を手招きし、奥へと進んでいく。伊佐は慌てて革の靴に添えるようにして草履を脱ぎ、框をまたいだ。肩幅の広い後ろ姿を追っていくと、座敷があった。

伊佐が座敷の手前で佇んでいると、メイソンに革でできた長櫃《ながびつ》のすぐそばを手で示された。近づいて畳に腰を下ろす。メイソンも伊佐の隣に座ったが、忙しく腰を浮かせたり下ろしたりしている。

燭台《しょくだい》の灯りが、互いの頬にかかる。手元がやっと見える行燈とは違い、部屋が隅までよく見える。

「オイササン」

メイソンは革の長櫃を開いた。中から革製の小箱を取り出し、伊佐に差し出す。両手に載せると、ずっしりと重かった。

おずおずと蓋を開いてみる。

中には、桜色のような、暮れかかった陽のような、ほのかに暖かく色づいた透明の石が入っていた。それが蠟燭の灯を浴びて輝き始めたとき、はっと息を呑んだ。

「ほーせきではありませんか！」

年甲斐《としがい》もなく声を弾ませる。

「旦那様、これは」

「サファイア、ノットブルー、メンヨー、セイロン」

メイソンは革の長櫃の奥から地図を引っ張り出して、伊佐の前に広げた。

日本がうっかり垂らした墨のように小さい、まだ見ぬ異国がたくさん描かれた地図。メイソンは日本の場所に一度指を乗せたあと、紙面を滑らせて西の方にある島まで動かし、息もつかせず英国の言葉を続けた。

言葉はまったくわからなかったが、「セイロン」という島で手に入れた「メンヨー」な「ノットブルー」の「サファイア」が宝物であるということは、熱が迸《ほとばし》って余りある話しぶりから、これでもかというほど伝わってきた。

「なぜ、このようなほーせきをお持ちなのですか」

「イシコローヤ」

はしゃぐ伊佐に、メイソンは長櫃から続々と革の小箱を取り出しては、揚々と蓋を開いてみせた。

中身はほとんどが宝石だった。あの日本橋の屋台に並んでいた宝石と同じくらい、いや、それよりもさらに磨き抜かれて光沢を帯びたあらゆる色の石たちが、硬い肌を蹴破らんばかりの煌めきを内から溢れさせている。

「旦那様も〝石ころ屋〟だったのですね」

伊佐が畳の上でうずうずと身体を揺らすと、メイソンは口元を緩め、目尻を下げた。

——鉱山技師になりたかったらしいが、代々海軍士官をしている上流のお家柄のせいで海軍で働くしかなかったんだと。

幸正の言葉をふと思い出した。

あれだけの粗相をしたというのに、メイソンは風呂敷から零れた伊佐の石ころ衆に気を取られ、伊佐の悲惨な姿など目に入ってすらいなかったのだろう。自分がメイソンの立場であったならそうだったに違いないと、ひとり胸を撫でおろした。

「わかりあえる方に出逢えたのは、旦那様が初めてでございます」

目尻に涙が浮かぶ。やはり自分の宝箱も持ってくるべきだったと頬を紅潮させた。

メイソンは桜色のサファイアを伊佐に握らせた。

「こんなに素敵なほーせきを見られるなんて、夢のようでございます」

硬くて、つるつるで、少し冷たい。

燭台に向けてかざすと、輝く桜のなかにメイソンの顔が映った。

胸に温かいものがたちまち満ちていき、桶《おけ》に溜まった水を揺らしたように震えだした。あめじすとに初めて出逢ったときとよく似ているけれど、それよりもずっと鮮やかで、とめどない震え。二匹の蝶《ちょう》が、水面に降り立ち生じた波紋を互いに響かせ合うような、穏やかなのに静まり返ることのない、不可思議な心地がする。

「オイササン」

メイソンに顔を覗き込まれた。

桜色のサファイアを胸元に引き寄せ、見つめ合う。

メイソンの呼ぶ〝お伊佐さん〟は黄粉餅と同じように、まるでそれ自体がひとまとまりの名のようだった。

「伊佐、とお呼びください。旦那様」

「イサ」

二文字を噛みしめるようにして、呼ばれた。

胸のあたりが、ほかほかと熱くなっていく。

「はい、旦那様」居住まいを正し、はっきりと返事をした。

メイソンは英国の言葉で何かを言った。今度はゆっくりだったが、和蘭語さえままならない伊佐には意味を拾うことができなかった。

首を傾げると、メイソンは口の前に指を持ってきてバツ印を作ったり、身振り手振りを交えたりして、伊佐がわかるまで繰り返してくれた。どうやら自分のことも〝旦那様〟ではなく名で呼んでほしいようだ。

「スタンリー様」首を横に振られた。

「メイソン殿」またしても首が横に振られる。

殿や様、さんなどが付く呼び名は好ましくないようだが、殿方を名だけで呼ぶというのは、伊佐自身がしたくなかった。

「メイさん」

ふと浮かんだ呼び名を口にした。

すると、メイソンは伊佐の両手をサファイアごと包み込むように握ってきた。

メイソンは握った手を上下に振りながら「メイサン、メイサン」とひとりで頷いている。ことのほか気に入ってもらえたようだ。

伊佐は遠慮などすっかり忘れ、長櫃を空にする勢いで残りの革の小箱を取り出しては開いていった。自分の木箱を凌ぐ詰め込みように、石ころ屋の血が滾《たぎ》る。

「これは何というほーせきですか？　こちらは？」

伊佐が煌めきを一つ手に取るたびに、メイソンは世界地図を指さして、どこで手に入れたのかを一つ一つ教えてくれた。終始柔らかな眼差しで、早口で話したあとにはっとなってゆっくり話し出すも、またすぐ早口になってしまう。それが妙に微笑ましくて、伊佐も笑顔で頷きながら耳を傾けていた。

言葉が通じなくても、不都合はなかった。

手と手を重ね合い、燭台の焔の揺らめきに宝石をかざしているだけで、心は十分に通い合っていた。

明け六つを知らせる鐘が遠くに聞こえたとき、二人はやっと長櫃から顔を離した。

障子の隙間から陽が差し込み、鳥の鳴き声も聞こえてくる。

「それでは、メイさん。明日はあたしも宝物を持ってまいりますから」

伊佐はメイソンの住まいの前に立って振り返り、見送るメイソンに深々とお辞儀をした。

戸を閉めてしょぼしょぼになった目を擦りながら歩きだすと、少し遠くから幸正の渋い顔が近づいてきた。

「お迎えがあるとは知らず、ゆっくりしてしまいました」

「今日だけだ。つい、お伊佐さんの身が案じられちまってな」

幸正が伊佐の乱れた様子のない着物や髪、そして開いた様子のない風呂敷を、訝《いぶか》しむように見つめてきた。

「その、どうだったんだ、遊女殺しは。とんでもねえすきものなんてことはなかったか？」

「ええ、すきものの殿方でしたよ。あたしと同じ、いえ、あたしをも凌ぐ筋金入りの石ころ屋でした」

「はあ？」

頬を赤らめてうっとりする伊佐を前に、幸正は口を半開きにしたまま目をしばしばさせた。

その様子が妙におかしくて、つい、くすりと笑ってしまった。

「きゃあっ」

日本人町の住まいに帰って腰高障子を開くなり、伊佐は悲鳴を上げた。

辺り一面に、割れた瀬戸物の破片やかまどの灰、厠《かわや》から汲み取《くと》ったものなどが撒き散らされている。上がり框には、海桜亭に着ていった縞柄の着物が引き千切られて落ちていた。

「なんてひどい……」

立ち込める悪臭に呻いて、伊佐が鼻を押さえる。

「昨日の今日でここまでするか。どいつもこいつも暇を持て余しやがって」

部屋を眺め回していた幸正が柱を殴った。

畳に、蓋が外れて転がった石ころ衆入りの木箱が見えた。伊佐は抱えていた寝具入りの風呂敷を放り投げ、草履のまま上がり込んだ。

木箱から放り出された石ころ衆は、ほかの破片や襤褸《ぼろ》切れと混ざって欠けたり砕けたりしていた。

「あっ――」

倒れた茶箪笥の端から、紫色の輝きがはみ出している。

割れて半分になったあめじすとが、毛羽立った畳に捻じり込まれるようにして、無惨な姿で転がっていた。

咄嗟に茶箪笥の下を覗き込んだ。あめじすとのもう半分が、畳と茶箪笥の間にわずかな隙間を作っていた。

茶箪笥の縁を摑み、持ち上げようと力を込めた。

「こらこら、危ねえったら」

駆け寄ってきた幸正が、反対の縁を持ち上げて放り投げるように茶簞笥を退《ど》かした。

伊佐は真っ二つになったあめじすとを拾い上げ、掌に並べた。

無残な有り様に力が抜け、へなへなとくずおれた。

「また拾えばいいだろう。そんなもん、どこにでも落ちてるんだろ」

肩を震わせる伊佐の背に、重い溜め息が浴びせられた。

「宝物だったのです。あたしにとっては……」

涙声になって首を横に振った。輝きを絶やさないあめじすとの欠け口が、涙のせいで滲んで見える。

「ここまでされなければならないのは、あたしが綿羊娘だからでしょうか」

「憂さ晴らしもあるだろうな。ただでさえ攘夷だ何だと物騒だってのに、ずっとあんなおっかねえ大砲を向けられてちゃ、気の休まるときなんてありっこねえ。異人に肩入れしているように見える綿羊娘が叩かれちまうのは、今の横浜じゃ避けようもねえこった」

幸正は伊佐の肩を摑んで立ち上がらせ、外へ押しやった。

「こんなところでじっとしていたら、臭えのが染みついちまう。ひとまず湯屋に行っといで。髪結いも呼んでおくから、頭もすっかり洗っちまいな」

「……ありがとうございます」

どのみち、こんな臭いを纏ったままで、メイソンに逢いにいくことはできない。

「気をつけろよ、お伊佐さん。ちょっとそこまでとはいえ、どんな祟りが降りかかってくるかわからねえからな」

「〝遊女殺し〟を気にしているのですか？　あんなのただの噂でしょう」

「噂で済むなら構わねえけどよ、もうかれこれ三人も死んでるんだ。何かあるんじゃねえかって疑わずにはいられねえだろうよ」

先刻のメイソンの顔が頭に浮かぶ。目まぐるしく表情が変わる人ではないが、ふとした拍子に張り詰めた糸が緩むように顔が綻び、淡泊だった語り口が弾んだように速くなる。

あれほどまでに石へ愚直で熱い想いを抱くことのできる人が、女を殺めるはずがない。

「おれにはお伊佐さん、今のあんたが妙に浮ついて見えるんだ。大尉殿に何をされたのかは知らねえが、悪人は善人よりも優しい顔をしているのが世の常で――」

「知らないのなら、悪人と決めつけることもできないはずでしょう」

伊佐の返す声が、思いがけず低くなった。

幸正はそれ以上何も言わず、背を向けて箒《ほうき》を手に取った。

あたしの宝物も、ぜひ、メイさんに見ていただきたかった。

蠟燭の灯りに石ころ衆をかざして見せ、メイソンと語り合っている姿を想い描く。

もう、かなうことのない愉しみだ。

手の中の二つのあめじすとを、力の限り握りしめた。


暮れ六つまでに湯屋で身体を洗い、髪を結い直し、着物も手に入れることはできたものの、伊佐の心は晴れないままだった。

荒れ果てた座敷は幸正が片付けてくれたが、そこかしこに散らばっていたあめじすと以外の伊佐の石ころ衆は一つ残らず消え失せてしまった。

——また拾えばいいだろう。そんなもん、どこにでも落ちてるんだろ。

あんなふうに言うくらいだから、何の気なしに捨てたに違いない。

今朝の幸正の言葉が、思いのほか、深く突き刺さっていた。

草履の底を引《ひ》き摺《ず》るように地面に擦りつけ、提灯と風呂敷を手にメイソンのもとへ向かう。

——こんな役に立たねえもん、わざわざ横浜まで持ってきてたのか。

幸正の冷たい声がまだ胸に響いている。

伊佐にとっては〝こんなもん〟でも〝そんなもん〟でもないのに。

どこかの誰かに石ころ衆を荒らされたことよりも、それを悲しむ気持ちを軽んじられたことの方が、幾倍も悔しくて、苦しかった。

戸口の前に立つなり、内からガラガラと戸が勢いよく開かれた。

「イサ」

「こんばんは、メイさん」

手を引かれて中に入り、畳の上に座る。

俯いて風呂敷の結び目を両手で握りしめていると、頬をそっと撫でられた。

「申し訳ありません。宝物を持ってくると、約束したのに……」

風呂敷の結び目を解いた。二つになったあめじすとが露わになり、光りだす。

片割れを、メイソンが手に取った。表面に指の腹を一頻《ひとしき》り這わせてから、燭台に向かってかざし、目を細める。それから伊佐の手に戻し、残り半分と割れた面を合わせた。二つに分かれた魂が再び一つになると、伊佐の手の甲に無骨な両手が添えられた。

「メイさん、うっ、ううっ」

身体を預けるようにして、メイソンの胸元に顔を埋めた。額が寝間着の間から覗く雪の肌に触れ、溶け合って熱くなる。

メイソンの指先が伊佐の首筋に触れた。指はそのまま下の方へ滑り、帯が緩められ、着物が肩からするりと外される。露わになった肌に、吐息が許しを請うように絡みついてくる。

「待って！」

顔を上げながら飛《と》び退《の》き、立ち上がった。

「メイさん、あたしは……ごめんなさい」

襟を手繰り寄せるようにして着物を直し、溶けだした白粉を隠すように顔を両手で覆った。

自分は決して抱かれたりはしないと、身体を許さずとも洋妾は務まると、メイソンに出逢う以前の伊佐は信じていた。その覚悟は今も変わらない。

だが、男という生き物が女の柔肌を欲しているということも、わかっているつもりだ。

嫌われたくない。

初めてわかりあえたのに。やっと出逢えたのに——。

胸が張り裂けそうだった。

ならばいっそ受け容れてしまうべきではないか。自分が永い夜を耐え忍べばそれで済むことではないのか。

白い手が伸びてきて、伊佐の右手をそっと引いた。

メイソンは畳の上で片膝を立てると、伊佐の右の手の甲にそっと接吻をした。

水面に蝶がとまったように、手の甲にじんわりと波紋が広がった。昨晩と同じようでいて、今宵は水面を乱すように激しく羽ばたきを繰り返している。

メイソンは手の甲から顔を離すと、伊佐を見上げた。

碧い目は笑っている。

伊佐がぎこちなく瞬きを繰り返していると、メイソンは畳に座り直し、両手を膝の上に置いて背筋を伸ばした。

「……ごめんなさい、あたしったら」

泥のようになった白粉と涙を袖で拭い、伊佐もメイソンの前で居住まいを正した。

この御方なら、きっと。

伊佐は締め直した帯の間から焼けた鑑札を取り出した。

「メイさん、お話ししたいことがございます」

それから、伊佐は紙に絵を描くことでメイソンに胸のうちを明かした。

父の繁蔵がおよそ二ヵ月半前の五月九日、伊佐に何も告げずに出掛け、なぜか品川宿に泊まっていたこと。

繁蔵が攘夷派浪士に与して罪を犯した下手人と疑われていること。

その二日後の五月十一日に大川の船饅頭の舟で焼けた骸となって見つかったこと。

繁蔵の骸が「岩亀楼　潮騒」と記された鑑札を持っていたこと。

そして、岩亀楼で潮騒に逢うべく、綿羊娘になったこと——。

絵心がある方ではなかったが、メイソンは一つ一つに丁寧に頷きを返して、伊佐の想いを受け取ってくれた。

日本人町の住まいが何者かに荒らされたことまで一息に明かすと、メイソンは「ココデ、トモニ」と手を握ってくれた。

伊佐が言葉を切って俯くと、メイソンは鑑札の文字を指さして「シナガワデ、テニシタ?」と訊ねた。

「それが、わからないのです。この潮騒さんという方に逢えれば、何か聞けるかもしれないですが——」

確かに繁蔵はいつどこで、この鑑札を手に入れたのだろう。

深川で暮らしていた頃から持っていたとは考え難い。繁蔵がこんなものをこそこそ隠し通せる性分ではないことは、伊佐が一番よく知っている。

苫舟に乗っていた船饅頭が潮騒本人だったのだろうか。そうだとしても、横浜の〝異人館付の綿羊娘〟である潮騒が、わざわざ大川の苫舟で色を売る必要が果たしてあるだろうか。そもそも、肌身離さず持ち歩かねばならないはずの鑑札を繁蔵に渡すことなど、あり得るだろうか。

「ミョーニチ、ドンタクデー」

唐突にメイソンが言った。

外国の習慣で、七日に一度、仕事がすっかり休みになる日のことだ。仕事をしない日がない日本人には馴染みが薄い。

「オシゴトナイ。イサ、トモニ、シナガワ」

碧い目が力強く伊佐の目の奥を見据えた。メイソンは伊佐の描いた絵の隙間に馬の絵を描くと、それを指で叩いた。

「乗馬で、連れていってくださると……」

品川宿は東海道の第一宿だ。深川から横浜へ来る道中にも通っている。あのとき、伊佐は繁蔵が泊まっていた宿に立ち寄りたいと幸正に頼んだが、先を急かされて諦めざるを得なかった。そこに改めて足を運ぶことができるなんて、願ってもないことだった。

だが、横浜に近い神奈川宿とは違い、品川宿には、外国人を喜んで迎え入れてくれる店はほとんどない。

日本人の客を逃さないために外国人を寄せつけまいとする宿が増えているという事情もあり、外国人の少ない品川宿では、メイソンはとても目立つだろう。

ことに攘夷の気運が高まっているこの時世では、どこから浪士が飛び出してくるとも知れない。そんな危ない場所に、共に行こうと腰を上げてくれるとは。

「ありがとうございます。メイさん、あたしのために……」

咽《むせ》びながら礼を言ううちに、伊佐はいつの間にか眠りについていたのだった。


「んああ、おかえり」

翌朝、伊佐が日本人町の住まいに戻ると、幸正が戸口を開け放ち、上がり框に腰かけて転《うたた》寝《ね》をしていた。

「明け六つになっても戻らないもんだから、攘夷の騒動にでも巻き込まれたんじゃないかって心配していたんだ。無事で何よりだ」

座敷を見回す。散らばっていたものは粗方片付いているが、ひどい臭いはしぶとく残っている。

「幸正さんがおひとりですべて片付けてくださったのですか」

「いや、この手じゃ重いもんは持てねえから、知り合いの若い衆に声をかけて手伝ってもらったよ」

幸正はひらひらと顔の前で手を振ってみせた。

「にしたって、この臭いじゃ、しばらくは住むのは厳しいな。すぐに新しいとこを借りてやるから」

「それならば、もう結構ですよ。メイさんと話して、二人で暮らすことに決めましたから。本日もこれからメイさんと品川宿に出掛けますので、幸正さんはどうぞ須賀屋のお店にお戻りください」

「なんだって……?」

綿羊娘と夫の同居は〝異人館付の綿羊娘〟なら罰せられるが、〝野良の綿羊娘〟である伊佐にはそのような縛りはないはずである。

「いけませんか」

「いやあ、いけなくはねえが……」

押し黙る幸正のこめかみに汗が浮かんだ。

「お伊佐さん、忘れちゃいねえよな。祟りのこと」

改まった口調になる幸正の目を、伊佐は真っ正面から見据え、表情を引き締めた。

「ええ、もちろん覚えています」

もし、メイソンが本当に〝遊女殺し〟なら、伊佐は近く命を落とすことになるだろう。

だが、恐れることはない。

〝遊女殺し〟だなんて、心中箱と同じ迷信なのだから。

伊佐　其の四

伊佐が駆け足で日本人町の住まいから外国人居留地に戻ったとき、耶蘇教の寺院に出掛けていたメイソンは一足早く帰宅していた。メイソンは踵《かかと》まである丈の洋袴と襟付きの白い服の上から黒い上着を纏い、帽子を手に持っている。

座敷では、人夫が二人、忙しく動き回っている。メイソンの指示で伊佐の化粧台やら着物やらを運び込んでいるようだ。

最後の長持を畳の上に下ろすと、人夫たちはメイソンから洋銀を受け取って帰っていった。

座敷に上がるなり、伊佐はメイソンに促されて長持を開いた。

「わあ……」思わず声が洩れた。

浅葱色のなかで錦鯉がたおやかに泳ぐ裾模様の、縮緬の着物。ハリも光沢も江戸で着ていた着物とは比べ物にならない、町娘にはとても手が届かない上物だ。

着物だけではない。天鵞絨《びろうど》の帯に金銀細工のあしらわれた櫛《くし》やかんざし、足駄までもが出てきて、畳の上に光が溢れた。

「いけません、メイさん。こんな高価なもの、いただけません」

伊佐がしどろもどろになって長持の蓋を閉じようとすると、メイソンはしょげ返って眉尻を下げた。慌てて着物一式を持ち、座敷の隅にある屏風《びょうぶ》の後ろへ回った。

初めて身に着ける上物たちは、指先が痺れるほど滑らかで、ふとした拍子に汚してしまうのではと気が気でなかったが、袖をするりと通した瞬間からどうしようもなく心が躍った。

着替え終わり、屏風の陰からおずおずと歩み出る。碧い双眸は、耳まで赤くなっている伊佐を頭から爪先までじっくり眺めたあと、細く形を崩した。

「イサ、アナウツクシーヤ」

「そんな、面映ゆうございます、メイさん」

「スキデス、イサノ、オモハユーカオ」

メイソンは笑いながら、輪をかけて赤くなる伊佐の顔をわざと覗き込んできた。

洗練された着こなしとは程遠く、どちらかといえば伊佐の方が着物に着られているような有様だというのに。

もじもじと伊佐が身じろぎをしていると、手を引かれ、外に用意されていた馬のところまで連れていかれた。

町人の身で乗馬をすることに躊躇う気持ちはあったが、メイソンの駆る馬に乗って風を切る伊佐の心は、この上なく昂っていた。

松林に導かれ、東海道を駆け抜ける。

メイソンの腕の中で浴びる向かい風は、変わらず煤けていたが、とても美味しく感じた。

東海道を辿れば、品川宿には半日足らずで着く。

外国人たちが行動を許される遊歩区域は居留地から十里四方と定められているが、品川宿はこの遊歩区域外であった。

区域外へ出向く場合、公使やその客人でもない限りは奉行所発行の免状が要る。用向きも学術調査や病気療養に限られていたが、思いのほか許可は容易に得られるらしく、メイソンは番をしている役人に免状を見せて難なく品川宿に入った。


西国に通じる江戸の玄関口として賑わう品川宿には、宿を訪れた客に色を売る飯盛女が置かれた〝飯盛旅籠〟が数多くあり、幕府が黙認する岡場所にもなっている。

「岩動屋繁蔵さんなら、確かにうちに泊まっていたよ」

飯盛旅籠の一つ、三津田屋の主人はぶっきらぼうに言った。

「間違いないですか」

「ないね。隣が土蔵相模《どぞうさがみ》なせいで、うちにも上様に思うところのある客が大勢流れてくるんだ。小せえ旅籠屋なもんで、あとでお役人に浪士を匿《かくま》ったと難癖を付けられて客を泊められなくなったら、食っていけなくなる。だからおれも女房も手代や小僧どもさえも、どんな目立たねえ客だろうが、覚えておくようにしているのさ」

相模屋、通称〝土蔵相模〟は品川宿きっての巨大な旅籠屋だ。昨今、討幕や攘夷を企てる志士たちが集う場として度々悪い噂を耳にする。三年前の安政七年に大老井伊直弼《いいなおすけ》が桜田門外で襲われたときも、水戸《みと》の脱藩浪士たちがここで決行前の宴を催していたと言われている。東禅寺の英国公使館が襲撃されたときも、浪士らはこの土蔵相模から出発したという。

対して、三津田屋は隣に建つ巨大な旅籠屋に今にも圧し潰されそうな、小ぢんまりとした二階建ての旅籠屋だった。老舗《しにせ》の趣《おもむ》きに満ちていると思いきや、ただ古い建物を繕う余裕がないだけのようで、腐った木の臭いが立ち込めている。

「特にあんたのおとっつあんみてえに、妙な頼み事をする客は忘れるはずもねえよ」

「妙な頼み事というのは」

「余ってる木材と鋸はねえかって訊かれたな。飯盛女が付くまで暇つぶしに工作がしたいとかで。待たせちまってんのはうちの飯盛女の落ち度だし、そんなもので詫びになるなら構わねえかと思って、渡してやったんだよ」

主人がわざとらしく溜め息を吐いた。調べ役にもう何遍も同じことを訊かれて参っているのだろう。

繁蔵は手先が器用だった。仕事では巨大な丸太を切り出してばかりだったが、伊佐が石ころ衆を入れていた箱のように、有り合わせの木材で小物を作ることも得意だった。

「その父を待たせていたという飯盛女の方は、こちらの旅籠屋で働いておられるのですか」

「二ヵ月半前の乱闘騒ぎの日まではな。万延元年の末までは横浜で旦那と暮らしていたそうだけれど、喧嘩別れしてうちに流れついたらしい。えくぼばかりが目立つ勝ち気な娘だった。あんたと同じような年頃だったよ」

主人はわざとらしく指先で頰を抉るように突いた。

「エクボ？」

「笑うと頰にできるくぼみのことですよ、メイさん」

伊佐はメイソンに向かって自分の頬を指さしてみせたが、さらに首を傾げられた。

「騒動の日が、うちでの最後の勤めだった。岩動屋さんはあいつの最後のお客だったのさ」

「お勤めが終わったということは、借金を返し終わったのですか」

「そんなめでてえもんじゃねえ。岩亀楼の楼主の佐藤佐吉は知ってるだろう。あの旦那は品川宿にある岩槻屋《いわつき》って旅籠屋の主人でもあるんだ。自分の宿の様子を見に戻ってきた佐吉に唆《そその》かされて、あいつは飯盛女を辞めて岩亀楼の綿羊娘になった。元々横浜の暮らしに馴染んでいた娘だし、綿羊娘になった方が借金も早く返せるってんで、悪い話じゃなかったんだろう」

岩亀楼の綿羊娘ということは、〝異人館付の綿羊娘〟だろう。つまり繁蔵に付いた飯盛女は、その時既に鑑札を持っていたのかもしれない。

「父が最後の客だったということは、その飯盛女の方は浪士たちが来たときにも、父と二階の部屋にいたのでしょうか」

「いや、岩動屋さんが夕餉を取ると言いだしたから、浪士どもが押し寄せる前にあいつは席を外したはずだ。騒動のせいで後腐れなくとはいかなかったけれど、翌朝にはつつがなく横浜へ送り出すことができて、おれはホッとしたよ」

主人は掌で顔を拭うように撫でた。

もし品川宿を発った飯盛女が横浜ではなく江戸の方、深川へ向かったとすれば、繁蔵と共に大川の苫舟で情死をすることは無理ではない。

炎上した苫舟に乗っていた船饅頭は、三津田屋の飯盛女だったのではないか。

仮にそのとおりで、かつ、この飯盛女の岩亀楼での源氏名が〝潮騒〟だったとしたら、飯盛女と船饅頭、潮騒の三人は、すべて同一人物ということになる。

だが果たして、騒動の日に初めて顔を合わせた客と飯盛女が情死をしようだなんて思うだろうか。繁蔵に限って他人様の、それも実の娘である伊佐と同じ年頃の娘に溺れたなどとは、考え難いし、考えたくもない。

それに、たとえ飯盛女が鑑札の「岩亀楼　潮騒」だったとして、これから肌身離さず持ち歩かねばならなくなる大切な鑑札を、繁蔵に渡す理由もない。

伊佐は帯の間に入れた焼け焦げた鑑札に触れ、硬さを確かめた。

「その飯盛女の方、もしかして、潮騒さんというお名前ではないですか」

「おいおい、おとっつあんの仇討《あだう》ちでもしようってのか。やめとけ、やめとけ」

主人にしっしっと虫を払うように手を振られた。

「父が泊まった部屋を見せていただけませんか」

短い舌打ちがはっきりと聞こえた。

「もう今晩の客を迎える支度も済んでいるんだ、悪いな」

「お願いします、ほんの少しの間で構いませんから、なにとぞ」

「しつけえな、調子に乗りやがって。そんなふうに贅沢三昧《ぜいたくざんまい》をひけらかして宿の中をうろつかれたんじゃ、飯盛女たちに示しがつかなくなるだろうが」

「あたしは、そんなつもりでは……」

「それに、そのでけえ旦那サマを連れ歩かれたら、それこそ客が寄りつかなくなる。とっとと帰ってくれ」

伊佐の背後で、眉をつり上げたメイソンが、懐から取り出した黒い筒先を主人に突きつけていた。

足を竦ませていると、顔を上げた主人が突然蒼褪《あおざ》めた。

「そんな……」

井伊大老暗殺の際に浪士たちが使っていたという回転弾倉式の六連発拳銃《リボルバー》。

ひいい、と主人から悲鳴が上がると、焚《た》きつけられたとばかりにメイソンの碧い眼光が強まった。

「おやめになって、メイさん。そんなことをしなくても、きっとわかっていただけますから」

伊佐は黒い筒を握る腕に触れ、そっと下へ押した。

メイソンが早口になって主人へ声を荒らげた。

正しく意味を拾えたのかは定かではなかったが、少なくとも今の伊佐にはメイソンが、

「この男はイサに、私の妻に乱暴しようとした」

と言ったように聞こえた。

胸にじんと熱いものが込み上げ、メイソンの黒い上着の袖口をきゅっと握りしめた。

「メイさん……」

伊佐に諫《いさ》められ、メイソンは主人を睨みながら拳銃を懐に収めた。

「ほんの少しの間だぞ、散らかしたらただじゃおかねえからな」

主人は小僧を呼ぶと、伊佐たちを二階へ連れていくように怒鳴りつけた。

小僧に連れられて、石灯籠が一基だけ置かれた狭い石敷きの庭を横目に廊下を進み、突き当

たりの段階子を上って二階へ上がった。

二階は縦にのびる廊下に沿って部屋が二間並んでいる。手前の部屋は奥の部屋よりも狭そうだ。

小僧が手前の襖障子を開いた。

これといって変わったところのない、小ぢんまりとした座敷だ。

柱や天井からは変わらず腐った木の臭いがしているが、畳からは真新しい藺草《いぐさ》の匂いが立ち昇っている。

廊下で待っている奉公の小僧を呼ぶと、小僧は「な、何でしょう」と肩を上下させた。メイソンをちらちら見ながら全身を強張らせているので、伊佐は歩み寄ってしゃがみ、そっと小遣いを握らせてやった。

「もし、小僧さん」

「あなた、二ヵ月半ほど前、ちょうど端午の節句が過ぎた頃に、このお座敷で起きた騒動をご存知かしら」

「へ、へい、存じてます。その日も働いてましたから。浪士たちがこっちの広い座敷に上がり込んで騒いでいました。うちは小せえ旅籠屋ですが、繁盛している土蔵相模のお隣なもので、おこぼれに与かることも多いのです。儲けもんなこともありますけれど、浪士たちのような迷惑な客が押し寄せちまうこともあって、手を焼いているのです」

「畳をすべて張り替えたのは、騒動で荒らされてしまったからでしょうか」

「この座敷からも火が出たもので、張り替えるほかなかったんです」

「火ですって」

口元に手を当て、頓狂な声を上げた。小僧はおろおろと頭を振っている。

「火はどうして出たのでしょう」

「主人や女将さんは、乱闘の拍子に出た火が、とばっちりで隣のここにも飛んできたんじゃないかって」

「火が出たときにこの部屋に泊まっていたお客さんがどこへ行ったのかはわかるかしら」

「さ、さあ。騒動のせいでみんな逃げちまったので。岩動屋様と会食をしていた方も、ほかの部屋のお客さんもみんな腰を抜かしそうになりながら、履物も履かず、荷物も捨てて飛び出していって、その後はよくわかりません」

「父はどなたかと会食をしていたのですか」

「へえ。夕餉は二人分を二階の部屋に並べてくれと頼まれていました。一階の部屋に泊まっていた浅見屋《あさみや》久作《きゅうさく》さんという商人の方です」

「浅見屋久作……?」

「ええ、剃ったみてえに眉の薄い、若いお方でした」

聞き覚えのない名だ。繁蔵の知人にも岩動屋の客にも、伊佐の知る限りでそのような名の者はいない。

「その浅見屋様も火の手が上がったときにお逃げになったの?」

「そのとおりで。でけえ荷物をお持ちの方でしたが、宿の者がお運びしますと言っても頑なにお断りになって、指一本さえ触れさせてくれないほど大事なもんだったようです。わざわざ二階にも持っていき、逃げ出すときも、二階からえっちらおっちらそいつを担いで下りてきましたから」

「大きな荷物を抱えて泊まっていた客は、浅見屋様だけでしたか」

「いいや、大勢いましたよ。品川宿は東海道の初宿《はつやど》ですし、荷物がでけえこと自体は当たり前ですけれど、あの大混乱の最中でもしっかり抱えて逃げたのは、浅見屋様くらいでした」

　繁蔵は浅見屋久作なる人物と会食をするために泊まっていたが、隣からの飛び火で自分の座敷に火の手が上がったことで宿から逃げ出した。

　生真面目な繁蔵ならば、火事が落ち着いた頃合いに宿に戻り、きっちり金を払うだろう。だが、繁蔵はそうせずに姿を消し、木場にも戻らなかった。

　粟菱の言っていたように、浪士たちと共に逃げ回っていたのだろうか。

「ありがとう、いろいろと教えてくださって」

　追加のお駄賃を握らせてやると、小僧は足取りを弾ませて段階子を下りていった。小さな背に続いて一階へ戻り、庭を眺めながら廊下を進む。

　石灯籠の穴の奥で、きらりと何かが光るのが見えた。

　砂利を踏み鳴らして石灯籠に近づき、身を屈めて奥を覗き込むと、伊佐の拳より一回りほど小さな石ころが一つ、石灯籠の穴の中に置かれていた。

「まあ、メイさん、早くいらして、早くっ」

　伊佐は足元をがちゃがちゃと鳴らしながら歩きづらそうにしているメイソンを急かした。

「見てください。この石ころ、肌が格子の形に浮き出ていますよ。なんて面妖なのでしょう」

石ころの表面には、浮き彫りのごとく「井」の字の形に凹凸ができている。追いついたメイソンに手渡すと、指で摘まむように持ったそれを、あらゆる向きからまじまじと眺めだした。

「こちらのお庭で使っている砂利でしょうか。もっと他にもあるかもしれませんよ」

伊佐は飛び跳ねるようにしてしゃがみ、足元の砂利を一つ一つ拾い上げた。メイソンも隣で屈み、二人して石ころを拾っては戻すことを繰り返す。だが、他に同じような格子の肌のものは見当たらなかった。

格子の石ころは、供えられたように石灯籠の奥にあった。何かの拍子に跳ね上がって穴に入ったにしては、随分と奥に、丁重に置かれていたように思う。小僧の誰かの悪戯《いたずら》だろうか。

にわかに、背中が針で刺されたようにぞわりと震えた。

メイソンと揃って振り返る。三津田屋の主人が廊下に立っていた。華やかな装いの女と大きな異国の男が、庭の端に並んでしゃがみ込み、砂利を夢中になって漁《あさ》っている光景を前に、唇をわなわなと震わせ、こめかみに筋を浮かべている。

「行きましょう、メイさん」

囁いてから二人して立ち上がり、そそくさと宿を出た。


「潮騒さん……えくぼをお持ちで、勝ち気で、苫舟で負った火傷の痕があるかもしれない方」

メイソンに抱き上げられて馬の鞍に腰を下ろしながら、伊佐は繁蔵の死に深く関わっているかもしれない女の姿を想像した。

ふと、馬がいつまでも動き出さないことに気がついて、顔を上げた。

メイソンが手綱を握ったままじっとしている。

「どうなさったの、メイさん」

「エクボ」

メイソンは懐から免状の紙を取り出すと、裏面に西洋の筆を走らせ、いくつかの英語の文言と見覚えのある人相の絵をかいた。

「……このお顔、もしや、バーキット大佐殿でしょうか」

メイソンは頷き、免状の裏面が真っ黒になるまで絵と文字をかき込んだ。

一つ一つ、意味するところを丁寧に拾っていくと、どうやらバーキットが以前契約を結んでいた綿羊娘にはえくぼがあり、メイソンが日本へやってきた二年前は既に喧嘩別れした後だったため面識はないが、バーキットがよく彼女の話をしていた、ということらしかった。

「こちらの英語はなんと読むのでしょう」

伊佐が茶席で団子を頬張る女二人の絵の下に書かれた文字を指し示す。メイソンは道の先、横浜とは逆の方を指さして「シバウラ」と答えた。

「その綿羊娘の方が潮騒さんかもしれない、よく芝浦に遊びに行っていたからそこに潮騒さんの手がかりがあるかもしれない、と」

メイソンが力強く頷いた。

芝浦の茶屋街は品川宿から少し行ったところだ。今から馬を走らせれば、暗くなる前になんとか着けるだろう。いまや柵門のない高輪大木戸も、免状を持っていれば役人に阻まれることもないはずだ。

「芝浦まで連れていっていただけますか、メイさん」

首が縦に振られた。馬が嘶《いなな》き、向きを変える。

宵闇に向かって、馬沓《うまぐつ》を纏わぬ蹄《ひづめ》は風を切った。

「それで、バーキットから彼《か》の国の内情は聞き出せたのか」

「いえ、なんにも。申し訳のうございますねえ」

萬清茶屋の茶席で広げた書物に目を走らせながら、鏡は背後の粟菱に生返事をした。手に日本語と和蘭語を繋ぐ辞書を持ち、膝の上には和蘭語と英語を繋ぐ辞書を置いて、二冊を頼りに見比べる。

本当は日本語と英語を直《じか》に繋ぐ辞書がほしかったが、どこを探しても手に入らず、やむを得ず和蘭語を挟んで訳出するべく二冊を揃えた。その二冊も横浜の日本人町で貸本屋に片端から声をかけ、骨を折って見つけたものだった。

「そなたを間者にしてもう三ヵ月。成果が出ないにもほどがある。討ち入りの企てやら密談の日取りやら、あるいは夜半の港町の様子のような些事《さじ》でも構わん。何でもよいから述べよと、ここへ来るたびに伝えているだろう」

「些事ですか。ああ、このまえのどんたくの日に洲干弁天社で蒲焼を食べましたよ。旦那様は山椒《さんしょう》が不得手なようです。アタシが少しずつですよと教えて差し上げたのに景気よくたんまりかけるものだから、ごほごほとむせてしまわれたのです。それがもうおかしくって——」

「拙者は真剣に訊ねているのだぞ、お鏡」

正面に回り込んできた粟菱に手の中の書物を取り上げられた。鏡は渋々顔を上げる。

「尻尾がそう都合よく飛び出すわけもありません。ないものはないのです。アタシにはどうしようもありません」

厭味《いやみ》たらしく言い放った。粟菱は鼻息を荒くしていたが、鏡が頑として顔を背けていると、書物を鏡の脇に投げるように置いて大股でどこかへ立ち去っていった。

万延元年十一月の末、雪が町を染め始める頃。

鏡はもはや、居丈高な指図を素直に聞く気を失っていた。

粟菱と手を結んだのは、横浜の港町を嗅ぎ回ることができる間者の立場を得ることで〝信実のラヴ〟を見つけ出し、すえの死が無駄ではなかったと証明できると踏んだからだ。だが、その目論見は粟菱の力を借りずとも、里とヒュースケンのプラトニック・ラヴが作りだす心中箱によって成し遂げられようとしている。

「急に雲行きが怪しくなってきたわ、もう降ってきそう」

投げ置かれた書物を捲《めく》って元々開いていた箇所を探していると、茶屋から里が出てきて隣に腰かけた。晩冬を前に冷え込みがいよいよ厳しいこの時分に、葭簀張りの茶屋で憩おうという客は少ない。大半の茶屋は秋が終わると店を閉めてしまうため、茶屋街は閑散としている。見物客もめっきり少なくなり、沖の軍艦がよく見えるようになった。

「手が霜焼けになってしまうよ。お店の中でやったらどう？」

「いいの、ここが好きだから。お里ちゃんこそ凍えてしまうよ」

里は首を横に振って、抱きしめていた木箱を膝の上に置いた。

秋に鏡が贈った心中箱。里が真っ赤になって作りましょうとヒュースケンに申し出たそれを、ヒュースケンは快く受け容れた。鏡が教えた作法に則って誓紙を作り、互いの髪を少しだけ切ってそれぞれ束にしたものを魂の欠片として封じたのだという。

「愛惜、愛着、愛敬、……」

辺りに鏡のぶつぶつ呟く声と頁を捲る音だけが響くなか、里は時折掌に息を吐きかけて擦り合わせては、通りの先をじっと見ている。

「お里さん、お鏡さんっ」

聞き慣れた陽気な声が、馬の足音と共に近づいてきた。里が立ち上がった勢いで、手元の頁が一枚二枚と捲れていく。

ヒュースケンは里と鏡の間に腰を下ろした。里と手を握り合いながら、鏡の手元の辞書を覗いてくる。

「オランダ語の liefde は、寵愛とか仁の意味です。英語の love と同じです」

「その〝ラヴ〟とは何なのか知りたいのですけれど、どうやらこれも違うようですね」

「合っていますよ、リーフデはラヴです」

「いいえ、ヒュースケン殿。アタシが知りたいのはラヴはラヴでも〝信実のラヴ〟の〝ラヴ〟を言い表す言葉なのです」

ヒュースケンはううん、と唸って首を傾げた。すると、里がヒュースケンの陰から顔を覗かせた。

「言葉がないなら、お鏡ちゃんが創ってしまえばいいじゃない。あたし、お鏡ちゃんならできる気がするの」

里が声を弾ませた。ヒュースケンもなぜか頷いて、里と肩を触れ合わせている。

「買い被りすぎでしょう」

鏡は薄く笑ってから、続けて二冊の辞書のいくつかの箇所をヒュースケンに向けて指さした。ヒュースケンはすべての意味を丁寧に教えてくれたが、〝信実のラヴ〟にはまたしても辿り着くことができなかった。

「いつもありがとうございます、ヒュースケン殿」

「ノープロブレムです。わたくしのお里さんと仲好くしてくれて、こちらこそありがとうございます」

「まあ、わたくしのお里さんだなんて」

里が顔を赤らめて縮こまった。

「それに、お鏡さんが英語できると、バーキットさんも喜びます」

言われて、鏡は顔を紅潮させて、髪に挿した薔薇に手を当てた。バーキットが秋のうちに陰干しして乾かし、真紅の花が冬も咲いたまま残るようにしてくれたのだ。

書物は好きではない。手習いの往来物さえまともに読んだためしがなかった鏡だったが、今は込み上げる願いに駆り立てられて辞書を捲っていた。

もっとバーキットと話したい。彼の発する言葉のすべてを知って、同じ世界を見つめたい。

そして願わくは、胸に溢れてこの身を蕩かす得体の知れない熱を、彼に伝えたい。

そのために〝信実のラヴ〟——男女の絆の清く尊い姿を言い表す言葉が、要るというのに。

ヒュースケンはしばらく茶席で過ごしたあと、軍艦で仕事があるからと言って桟橋の方へ走っていった。

小さくなる背中を見送りながら、里は膝の木箱に目を落とした。

「ヒュースケンさまはこのまじないを本当に信じているでしょうか。ああ、お鏡ちゃんを疑ってるんじゃないのよ。でも、ヒュースケンさまにはお住まいの近くにお鶴さんがいらっしゃいますから、つい気もそぞろになってしまって」

俯いて肩を萎《しぼ》ませる里の背中を、鏡は労《いた》わるようにさすった。

「お里ちゃんがずっとそばにいられないからこそ、なおのこと焦がれているのではないかしら。お里ちゃんは若い男たちが押しかけるような人気者なのだから、ヒュースケン殿がやきもちを焼いてしまうのも無理からぬこと。それに——」

鏡は里の手を木箱に押しつけるようにして、上から自分の手を重ねた。

「お里ちゃんとヒュースケン殿はこうして、きちんと誓紙の四つの烏の目を血で染めて、魂の欠片も入れた。二人で想いを重ねてしっかりと心中箱を作り上げたのだから、心配はいらないよ」

「そう、だよね。あたしったら、とんだ取り越し苦労を」

里は白い息を吐いて、膝の上の小さな〝プラトニック・ラヴ〟の証を抱きしめた。

ヒュースケンが本当にやきもちを焼いているのか、本人に確かめたわけではない。ただ、この控えめな性分の友を、鏡は少しでも安堵させてやりたかったのだ。

不意に里と目が合った。鏡が微笑むと、里は顔を綻ばせた。

「お鏡ちゃん、会ったばかりの頃よりもいっぱい笑うようになったね。きっと、旦那様のおかげね」

言われてみればそうかもしれない。生まれ持った片えくぼを不吉だと言われた幼い頃の思い出が不快で、自然と笑顔が少なくなっていったように思う。この片えくぼを褒めてくれたのは、すえと、里と、バーキットだけだ。

白雪が降ってきて足袋《たび》の爪先を湿らせた。いつの間にか、野点傘越しの鈍《にび》色の空が白く霞《かす》んでいる。

「いけない、積もる前に戻ったほうがいいわ」

里が店の奥から風呂敷を持ってきて、二冊の辞書を包んでくれた。

あいにく傘も袖頭巾も用意がない。里が店の中へ傘を取りに駆け戻った矢先、遠くから近づいてくる大きな濃紺の装いをした男に気がついた。

「旦那様」

つい、顔がほころんだ。

奉行所発行の免状を手に入れて以来、彼はこうして鏡を迎えに来てくれるようになった。

バーキットは立ち上がった鏡に向かい合うと、上着を脱いで鏡に羽織らせ、手にしていた蛇の目傘を差し掛けた。膝のあたりまですっぽりと包まれる。

「暖かい……」

鏡は熱を逃がすまいと、腕を交差させて上着を引き寄せた。

間者の任を蔑《ないがし》ろにするようになったわけは、実のところ、もう一つあった。それは、バーキットの心を裏切りたくない、彼に嫌われたくないと、いまや鏡自身が強く願っているからにほかならなかった。


蠟燭の明るすぎる夜は、いつもきまって、言葉にできないほどの恍惚《こうこつ》に包まれる。

しんしんと身を刺す寒さに抗《あらが》うように、バーキットの身体は今にも蒸気が立ちのぼりそうなほど熱を帯びていた。鏡に覆いかぶさってくる濃い赤茶の体毛は、綿のたっぷり詰まった夜着のように温かかった。

その圧は、鏡を深く安堵させた。今だけはバーキットが自分ひとりだけを想ってくれているのだと、夫を独り占めしているのだと、固く信じさせてくれるから。

身を捩った拍子に、壁際に重ねて置いてある二冊の辞書が目に入った。バーキットは鏡の目の動きに気づくと、脱ぎ捨ててあった寝間着をそれらに投げ被せた。

「オキョウサンハ、ワタシノオキョウサンデス」

仕事で顔を合わせるたびに睨まれるようになったと、ヒュースケンが茶席で苦笑いをしていたのを思い出した。

バーキットは、礼儀に厚くて人当たりも良く、自分にわからない言葉を使いこなして鏡と打ち解けていく若い男を、もう友とはみなせなくなってしまったようだ。

「アタシたちは幾星霜を経ても絶えず添う女夫星でございます。ですからどうか旦那様も、アタシを置いてどこかへ行ったりしないでくださいまし――」

鏡は熱い息に乗せて、希《こいねが》った。

バーキットがヒュースケンに悋気《りんき》するのと同じように、鏡もまた、バーキットの帰りを英国で待つ本妻を、物狂おしいほど妬むようになっていた――。


鏡が嫉妬を抱くのは、これが初めてではなかった。

このまえのどんたくの日、鏡はバーキットと洲干弁天社を訪れた。鰻の蒲焼《おうな》の名店があると聞き、ぜひ食べてみたいと口にしたら、バーキットが連れてきてくれたのだ。

瓢箪池を望む料理茶屋で軒先の茶席に並んで腰を下ろし、池の鯉を眺めながら〝松〟の蒲焼を注文した。

「旦那様、鏡は本当に、果報者でございます」

舌の上で溶ける鰻《うなぎ》に思わず頬をおさえると、バーキットは周りの客が振り向くほどの声を上げて笑った。

水の匂いと海から吹き込む潮風が心地よい。

何気なく池を見下ろす。おこぼれに与ろうと縁に集った鯉たちが乱す水面に、結い髪に咲く赤い薔薇と片えくぼが映った。

その隣に、近くの席に座る綿羊娘とその夫のもとへ料理が運ばれてくるのが見えた。

器からはみ出すほど立派に盛られた天ぷらの丼。

自《おの》ずと、里とヒュースケンが重なる。鏡はその上からさらに、自分とバーキットの姿を重ね合わせた。

〝信実のラヴ〟を証明するための心中箱。

今の鏡なら、誰かに託さずとも、自らの手で作り上げることができるのではないか。

バーキットとなら、きっとできる。この夫は、鏡と想いを誓い合うことを喜んでくれるに違いない。

顔を上げ、隣のバーキットを見上げた。今日は黒い上着だが、いつも濃紺の上着の徽の裏に付けている赤椿のかんざしが移されて、しっかり咲いている。

思い切って胸のうちを伝えるべく、汗の滲む左手を握りしめた。

「旦那様、アタシと――」

「クニノワイフモ、オウナ、キットオイシイ」

指先がかじかんだようになって箸を落とした。

騒がしい声や物音がぴたりと止んで、鯉の跳ねる水の音だけが明瞭に聞こえた。

「オキョウサン……？」

バーキットに肩を揺すられ、我に返った。

考えずともわかる。これは、見透かされてはいけない想いだ。

米粒が口元に付くのも構わず蒲焼を掻き込み、取り繕った。

この三十四歳の男盛りの英国海軍大佐には、本国で待つ妻子がいる。

わかっていたことだ。いまさら愕然《がくぜん》とするほうが、どうかしている。

けれど、そんなふうに、何でもないことのように言わないで、せめて思い悩むふうに言葉を紡いでほしかった。

光沢が見事な呉服に、艶めく更紗《さらさ》の帯。そして、結い髪に咲いた赤い薔薇。バーキットから贈られたかけがえのない煌めきたち。こんなに絢爛に着飾らされているのは、きっと、自分が人形だからだ。

鯉が高く跳ねた。途端に、潮風が生臭くなった。

まだ半分ほど残った蒲焼をじっと見る。

こんなものを与えられたくらいではしゃいで、ばかみたいじゃないか――。

バーキットの硬い背中を手繰り寄せるように引っ掻くと、抱き寄せる力が強くなり、ひげの濃い顔が火照って上気した。

箱枕が鏡の頭から逃げて布団の外に転がっていく。引き戻そうと伸ばした左手を、バーキットの右手に絡めとられた。

共に暮らし始めた頃に散らかっていた三鞭酒の瓶は、もうない。鏡が酒臭くてかなわないと騒いだので、バーキットは酒瓶を一つ残らず捨て去り、住まいで呑むことを控えるようになったのだ。

三鞭酒に限らず、バーキットは鏡の自分勝手な願いをどれもこれも聞き入れた。

どんたくの日にバーキットが耶蘇教の寺院へ祈りに行くのを、幼子のように拗ねて引き留めたこともあった。別段、理由はなかった。魂に染み込んだ信仰よりも自分を選んでほしいというどうしようもない我儘《わがまま》だった。激怒され免妾されてもおかしくはないその願いを、バーキットは躊躇《ためら》いなく聞き入れ、その日は神ではなく鏡を尊んだ。

すべて、鏡のためだ。

一つ願いを叶《かな》えてくれるたびに鏡は舞い上がり、そのあとで夫を試すような自分のやりようを悔いた。

バーキットは自分を見てくれている。それは疑いようもない。

だが、それは鏡が横浜における妻だからにほかならない。

かりそめの妻にすぎない綿羊娘の鏡は、どこまでいっても、本妻に勝るものを何一つ持ち得ないのだ。

本国に妻のいないヒュースケンを想う里のほうが、鏡よりずっと果報者かもしれない。

――あたし、お鏡さんが羨ましゅうございます。

羨ましいのはアタシの方だよ、お里ちゃん。

一番の女になりたいと言えだなんて、偉そうに指図できる身ではなかった。三ヵ月前の自分のふてぶてしさが恨めしい。

アタシだって旦那様の一番になりたい。なりとうございます――。

呑み込む言葉はいつだって苦くてたまらなかった。

泡沫《うたかた》のような儚《はかな》く淡い関係でしかないのなら、いっそ初めから冷たく、弄ぶような非道さで、迎えてくれたらよかったのに。

汗ばんだ大きな肩越しに燭台を見るたび、蠟燭が短くなっていく。

もう、燃え尽きてしまいそうだ。

いやだ、どうかもう少しだけ、消えないでいてくれないか。

一際高く声を上げて仰《の》け反《ぞ》ったとき、何かが壁から落ちてきた。

バーキットの上着から外れた赤椿のかんざしが、首を落とされたようにごろりと畳の上に転がった。

長火鉢では事足りぬと肌を合わせて熱を分け合ううちに、幾夜も過ぎた。

季節は移ろい、年の瀬も迫った万延元年十二月五日。

町木戸が閉められる夜四つを過ぎた頃、一通の手紙を握りしめた使いが飛び込んできた。

手紙は善福寺からだった。

ヒュースケンが夜道で浪士に襲われたと、暴れる文字で記されていた。

ヒュースケンは江戸に来て間もない頃はそれなりに気を張っていたが、数年のうちにすっかり用心を怠るようになり、方々からの再三にわたる忠告を聞き流すようになっていた。

それほどまで不用心でありながらヒュースケンが今まで無事だったのは、ただ幸運だったと言うほかない。

野外にいるのは陽が出ている間が大半であったことに加えて、よく往復していたのが外国人を守るために幕府が厳しく目を光らせている区域であったことが、彼を守っていたのだろう。

ヒュースケンは襲われてからしばらくその場に放置され、そのあとで善福寺の宿坊に運び込まれていた。

バーキットと鏡が馬で駆けつけたとき、寺の広い座敷には、米国以外にも普魯士《ぷろしあ》や英国の公使館の人々や軍人、神父、そして医者たちが張り詰めた顔を並べていた。中に入ろうとする鏡を男たちの長い腕が次々に伸びてきて阻んだが、鏡は強引に押しのけて座敷に転がり込んだ。

ヒュースケンは白粉を塗ったような顔で畳の上に仰向けに寝かされていた。腹が大きく裂けている。日本刀で斬りつけられたのだと一目でわかった。傷口から腸が飛び出して身体の外に垂れ下がり、血が泉のように湧き出ている。

医者たちが腸を体内へ戻し、腸と傷口を縫い合わせはじめた。

鈍い叫びが座敷を満たした。天井を見る目が大きく開いては強く瞑《つぶ》ることを繰り返している。

取り囲んでいる男たちは、みな力の限りに拳を握りしめ、歯を食いしばっている。

鏡は座敷に背を向け、入り口の隅で膝を抱えて蹲《うずくま》った。震えが止まらない。声を殺して咽び泣いた。バーキットが隣にしゃがんで背中をさすってくれたが、胸がつかえて声を出すこともできなかった。

縫合が済むと、今晩は医者以外は帰るようにと言われた。項垂れた男たちが提灯を手に馬で暗い夜道に消えていく。

「オキョウサン、カエリマショウ」

バーキットは鏡に呼びかけると、足早に厩舎《きゅうしゃ》の方へ向かっていった。

鏡は膝に顔を埋めた。医者たちの話し声にヒュースケンの喘ぎが重なる。こころなしか、少しずつ小さくなっているようだ。

お里ちゃんに、知らせなければ。

〝天ぷら丼〟の二人を、一刻も早く引き合わせてやらねば――。

幸い、ここから芝浦はさほど離れていない。馬がなくとも十分に走れる距離だ。

鏡は力の抜けた脚を叩いて立ち上がり、提灯を手に駆け出した。

「オキョウサン」

宿坊から飛び出すなり、バーキットの雄々しい叫びが背中に刺さった。

振り返ると、馬の手綱を引く巨大な影が、善福寺の煌々《こうこう》とした灯りの手前に黒く浮かび上がっていた。

「カエリマショウ、トモニ……」

手を差し伸べられた。無骨だけれど優しい手。

「旦那様、ごめんなさい」

振り切るように踵《きびす》を返し、鏡は夜に飛び込んだ。

着物の褄を取り、息を切らせてひた走る。

向かい風がひどく冷たい。乾く肌を裂くように吹きつけてくる。

橋に差しかかったとき、行き合った役人の馬とぶつかりかけた。避けた勢いが余って、欄干にもたれかかるようにして転んだ。役人の馬は速さを落とす素振りもなく善福寺の方へ走り去った。

するりと頭の後ろできつく結んでいた髪が緩まった。赤い薔薇が外れて欄干の外へ放り出され、髪の一部がほつれた。

「あぁっ」

欄干に身体を押しつけ、眼下の水流に手を伸ばす。

間一髪で茎を摑んだ刹那、掌に拒むような鋭い痛みが走った。薔薇は鏡の手を振り払うように離れ、黒い流れにたちまち呑み込まれた。

そうか、痛いんだっけ、薔薇って。

いい匂いだから、忘れていたよ。

指先に残った薔薇の棘を呆然《ぼうぜん》と見つめる。

赤い花弁に包まれていた真心も共に流れていってしまったのだと、知らされた気がした。

首を横に激しく振ってから、再び褄を取り、髪を振り乱して走りだした。


里の手を引いて善福寺に駆け戻ったとき、座敷からはまだ低く唸る声が洩れていた。

「ヒュースケン、さま……？」

座敷から洩れた灯りが顔にかかるまで近づくと、里は鏡の手を振り解いて走っていった。

障子を半分開いたところで、里は固まった。

追いついた鏡も、里の背中越しに座敷を覗いてその場に立ち竦んだ。

ヒュースケンは滝のような汗を流し、半分だけ開いた瞼《まぶた》の間から霞みがかった目を覗かせている。

もう、長くは持たない。医者の目でなくとも明らかだった。

彼の寝かされている布団の脇に、女が一人、座っていた。

鶴だ、と鏡は胸のうちで悲鳴じみた声を上げた。

鶴は静かに目を伏せ、片手で丸く膨らんだ腹をさすりながら、もう一方の手にヒュースケンの手を乗せている。だらりと垂れた指先が、力を振り絞るようにその手を握り返すのを、里の黒豆の双眸はしかと捉えていた。

「ああ……」

里は両手で顔を覆い、くずおれた。

不意に、鶴が顔を上げる素振りを見せた。

鏡は里の肩を抱えて立たせ、座敷を離れた。

二人並んで人のいない縁側に腰を下ろした。遠くから、絶え絶えに呻き声が聞こえてくる。

「お鏡ちゃん、どうして」

声を絞り出しながら、里は木箱を取り出して膝の上に置いた。

震える手で蓋を開く。底に敷かれた奉書紙の上で、濃い艶やかな黒髪の束と、それよりも色味の薄いもう一束が、手を取り合うように端を絡め合っている。

「こんなの、何の役にも立たないじゃないの。これっぽっちの小さな箱で、こんな魂のこもらないちっぽけな欠片なんかで、どうにかなるはずもないじゃないの」

里は箱を抱きしめて身体を折った。背中が跳ねるように震えている。嗚咽《おえつ》が洩れるたびに縁側の板が軋んで鏡の尻を打った。

声を上げて泣くことは、許されない。ヒュースケンの一番の女——鶴がすぐそこにいるのだから、二番手の、妾ですらない、何の肩書きも持たない茶屋の看板娘は、弁えねばならない。本物の〝一番の女〟の背中が放つ有無を言わさぬ圧が、里の首を絞めていた。

　このような場なのだから思い切り泣いてもかまわないと言ってやりたかったが、今の鏡にはとてもできない。自分が与えた心中箱が、一途に切に清らかな関係だけを願ったこの娘を天高く引き上げ、無慈悲に地上へ突き落としたのだから。

「どうして、どうしてこんなものを渡したの。作らせたの。お鏡ちゃん、どうしてえ……」

　萬清茶屋でしていたように背中をさすってやろうとして、何度も手を伸ばしては、引っ込めた。

　そうしているうちに、辺りがしんと静かになった。

　ヒュースケンの声が聞こえなくなったからだとわかるまでに、しばらくかかった。


　日を跨いだ万延元年十二月六日、暁九つ（午前零時頃）を四半刻過ぎた頃。

　医者たちが手を尽くした甲斐なく、ヒュースケンは死んだ。

　傷口は塞がれたが、ひどい出血が彼を死に至らしめた。

　事切れるその瞬間までヒュースケンには意識があった。呼び戻された耶蘇教神父と共に祈り、そして息絶えた。

　死に水は鶴が取った。その第一の妻としての堂々たる振る舞いに、里は打ちのめされた。

　ヒュースケンの目に最期に映るものは、里であってほしかった。

　里は鶴からヒュースケンの手を奪う度胸もなく、ただ物陰で目立たぬようにはらはらと涙を流していたが、鏡が気づかぬ間に善福寺から姿を消していた。

「お里ちゃん、ごめんねえ。堪忍だよお……」

外でうろうろと里を捜していると、横から腕を強く摑まれた。

「旦那様……」

泣きそうな、しかし怒っているような朽葉色の目に見下ろされる。

そのままバーキットに力任せに引っ張られ、抱え上げられて横浜へ帰る馬に乗せられた。

馬に揺られている間に、里の前で堪えていたものが込み上げてきて溢れた。バーキットの胸元にしがみつき、赤子のように泣いた。バーキットは黙って馬を走らせるだけだった。

家に着くなり、バーキットは抱えていた鏡を敷きっぱなしの布団の上に放り投げるように下ろした。

燭台に灯がともされる。まだ夜は明けていない。

「旦那様、待って。今宵はよろしくありません」

蜂に刺されたようになった瞼をこじ開け、バーキットの胸元を両手で押したが、びくともしない。押し倒され、着物が脱がされていく。

「オキヨウサン、キヨウ……」

首筋に荒い息が降ってくる。身を委ねることは、できない。

「キヨウ、ワタシノ、キヨウ」

「お願いします、今宵だけはどうか……旦那様もアタシと共に、ヒュースケン殿を悼んでくださいまし」

バーキットの身体がすっと離れた。

目尻が垂れ下がり、口元は歪んでいる。ひくひくと頰が繰り返し動いた。

長い腕が唐突に壁際に伸びた。バーキットは畳の上に積んであった鏡の二冊の辞書を摑んで
ひしゃげさせると、ふうんと獰猛《どうもう》に唸りながら引き千切りはじめた。

「何をなさるの、お止めになって！」

鏡はバーキットの腕に縋《すが》りついたが、振り払われ、勢いそのままに壁に背中をぶつけた。

バーキットが手を止め、鏡をじっと見つめる。

蠟燭の灯りが、ここにいない誰かのために涙で瞼を腫らした女の姿を暴き出す。

武骨な手が鏡の頰に触れた。縦に刻まれた涙の痕を、親指で何度も撫でられる。

「友のための涙にございます、旦那様」

「チガウ」

「違いません、旦那様、信じてくださいまし！」

そうじゃない、そうではないのに。

バーキットは一度きつく目を閉じて開いたあと、寝間着に着替えないまま紙屑だらけの布団
に横になった。

向けられた背中が痛ましい。手を添えたかったが、後の祭りだった。

背を向け合い、鏡も布団に横になった。また涙が溢れそうになる。今度こそは紛れもないバ
ーキットの——夫のための涙だ。

膝を抱えて丸くなっているうちに、気絶するように眠りに落ちた。

目覚めたとき、隣にバーキットの姿はなかった。

身を起こし、散らばった紙屑の一片を手に取った。

二冊の辞書のうち、和蘭語と英語を繋ぐ辞書から切り離された【love】の四文字。天ぷら丼の――プラトニック・ラヴの〝ラヴ〟。

この想いを表すこの国の言葉は、辞書をどんなに漁っても見つからなかった。

「アタシはただ、あなたをもっと知りたかった――想いを伝えたかっただけでございます、旦那様……」

紙片を胸に引き寄せ、布団のまだ温かい場所に額を埋めた。

日が高くなった頃になって、のっそりと顔を上げた。

握った紙片越しに英語と和蘭語、自国語が混ざり合った布団を眺める。目に留まった言葉を何気なく眺めていたが、やがて弾《はじ》かれたようにいくつかの紙片を拾い、手の中に揃えた。

「愛惜、愛着、愛敬――〝愛〟」

愛という文字は、昔から日本にあるものだ。仏語《ぶつご》では、欲や執着を表す言葉。色や恋、情のように、不道徳で厭らしくて、ともすれば一方から情欲をぶつける意味合いさえある。

だが、今、その淫らな一文字が鏡の心を捉えて離そうとしない。

この一文字が秘めているものは下等ではなくむしろ上等な、清らかで美しい想いなのではないか。

仏教の世界で下等な言葉が、耶蘇教の世界では上等だったとしても、あり得ない話ではない。この〝愛〟こそが鏡の欲していた〝ラヴ〟――〝信実の愛〟を表す言葉なのではないか！

――言葉がないなら、お鏡ちゃんが創ってしまえばいいじゃない。

里だ。鏡が壊してしまったはずの笑顔が、まるでもう一度挽回《ばんかい》の機会を与えてくれるとばか

りに脳裏で咲いていた。

ヒュースケンの死から二日後の万延元年十二月八日。国境を越えて皆から愛されていた男は、二十九歳の誕生日を目前に弔われた。

外国奉行たちは、葬式は攘夷の恰好《かっこう》の的になると忠告をしたが、護衛を増やすなどの計らいはしなかった。そのため、各国の公使がこぞって参列した堂々たる葬列は、外国人たちの銃剣と回転式拳銃によって守られ、埋葬地の麻布光林《こうりん》寺を目指した。

ヒュースケンの墓石には、ハリスの意向で、彼の名と職業、生没のみが記された。先例にならい浪士の凶刃に斃《たお》れた旨を記すことをハリスが許さなかったのは、日本を心から好いていた一人の男を尊重しての英断だったのかもしれない。

ヒュースケンの死は日本にいるすべての外国人を慄《おのの》かせた。異国から来た者たちは皆、常に弾丸を込めた銃を持ち歩くようになった。

万延元年十二月十日、ヒュースケンの死から、四日。

江戸はすっかり深い雪に包まれていた。

鏡は光林寺の墓石の陰で立ち尽くしていた。

見つめる先には、四日前からすると一回り萎んだ小さい後ろ姿がある。

降りしきる雪にまぎれてひっそりと光林寺の墓を訪れた里は、しばらくヒュースケンの墓前で刻まれた名にじいっと見入っていたが、やがてしゃがみ込み、声を殺して泣きだした。

たとえ許されなくとも里に詫びねばならない。そう思いつつ芝浦を訪ね、声をかける機を逃しているうちにここまで追ってきてしまったというのに、いざとなると、とても言葉をかけられなかった。

運命を越えて〝信実の愛〟を証明するはずの心中箱は、〝天ぷら丼〟は、白い息のように宙を舞い、まやかしと消え失せた。

——お鏡、堪忍だよ。

すえの亡霊が呼びかけてくる。

早くこの世から送り出してやらねばならないのに、以前よりもはっきりと見えるようになってしまった。

〝信実の愛〟は必ずある。なければならない。

「お里ちゃん、姉さま、あと少しだけ待っていて。もう誰にも頼らないよ。鏡が、この身を擲《なげう》ってでも、〝信実の愛〟を証明してみせるから」

——これっぽっちの小さな箱で、こんな魂のこもらないちっぽけな欠片なんかで、どうにかなるはずもないじゃないの。

きっと、里の言うとおりなのだ。

抱きしめられるほど小さな箱では——。

容易く拵えられるような真心の足りない魂の欠片では――。

〝信実の愛〟に耐えうるだけの力を生みだせなかった。

ならば、それに耐えうる箱と魂の欠片を用意してしまえばいい。それだけのことではないか。

そのためならば、もはや誰が巻き添えを食おうと構わない。

鏡は拳を握った。薔薇の棘でできた傷口が開いて、また血が滲んだ。滴った血が足元の白い雪に落ち、赤い椿の花を作りだしていた。

伊佐　其の五

ひどい土砂降りだった。

夜明けを合図に降り始めてからずっとこの調子で、もうすぐ張見世に遊女が並ぶ暮れ六つを迎えようというのに、雨脚は一向に弱まらない。しばらくはお天道様が顔を覗かせることはないと聞いた。

そんな悪天候をものともせず、遊廓島、ことに岩亀楼は見物客でごった返していた。

外に出るのが億劫《おっくう》になった人々が溢れる一階をよそに、二階の扇の間では酒宴が催されていた。

黒い上着姿の外国人と羽織に袴姿の日本人——膝を交える東西の商人たちに、掻き集められた〝異人館の遊女〟たちが酌をしている。少し離れた場所では、三味線が奏でられている。

港崎遊廓の妓楼は外国人と取引をする格好の場だった。ことに新式の武器弾薬に関しては外国人から買い付けるほかに手に入れる方法がないため、商人に限らず奉行所の役人らが会談の場を設けることも珍しくなかった。

「遊女なのに、着物を一切、脱がねえ女がいるんだと」

赤ら顔になった日本人の商人が、猪口《ちょこ》に注がれたばかりの酒を呷《あお》って高らかに言い放った。

「なぜ脱がんのだ。脱がねば客は取れねえだろうに」

寝そべって頰杖《ほおづえ》をついている別の男が声を張り上げて返した。

「彫り物、いや、奉行所が入れた入れ墨でもあるのかもしれねえ。前科者だってバレちまうから、隠してやがるんだ」

「いいや、男を萎えさせる惨《むご》い傷痕でもあるんじゃねえのか」

「惨い傷痕……」

隣の男から受け取った猪口を盃洗《はいせん》に浸しながら、伊佐は耳をそばだてた。

もし惨い傷痕を隠している女が本当にいるのなら、それはつい三ヵ月ほど前に負った火傷の痕のことかもしれない。

潮騒。えくぼを持ち、勝ち気で、火傷の痕がある女。

繁蔵の死について知る女に、確かに近づいている――。


品川宿から芝浦の茶屋街に足をのばした日。横浜に馬を向かわせる頃には、頭上で星々が力強く瞬いていた。

お天道様に引けを取らない月明かりに、提灯は無用だった。

メイソンの胸で伊佐は手の中の石ころを満月にかざした。格子状の肌が光を浴びて仄《ほの》かに白む。三津田屋の主人に見咎められて宿を出るとき、うっかり石灯籠から持ってきてしまった。

「大切なものだったらどうしましょう。あとで返しに行ったほうがいいかしら」

伊佐は面妖な凹凸を指の腹で撫でながら、今しがた芝浦で出会った娘と彼女が抱えていたまじないの箱を思った。

芝浦の茶屋街は伊佐たちが到着したときには大半の店が暖簾を外しており、ひと気はまばらだった。一軒だけ、居座る酔いどれたちをひたすら外へ押し出している繁盛店があった。最後に店を出た客の背に深く頭を下げてから「萬清」と書かれた暖簾に手をかけた看板娘に、伊佐は近づき声をかけた。

看板娘は一目で綿羊娘とわかる身なりの伊佐と、その背後を守るメイソンを前に唇を硬く結んでいたが、やってきた理由を丁寧に話すと、店の中に二人を通してくれた。

看板娘は、里と名乗った。

里は小さな木箱を二人に見せ、その箱を共に作り上げた想い人、そして箱を使ったまじないの方法と道具を自分に渡した友の話をした。

「しんじつのあい、ですか……?」

初めて耳にする言葉だった。

だが、里が声を詰まらせながら幾度も口にするその言葉は、胸をざわめかせる不思議な響きを孕んでいた。

里の大切な友だった鏡という女。バーキットの綿羊娘だった彼女は、独自の心中箱を作ることで〝信実の愛〟とやらがこの世にあることを証明しようと躍起になっていたという。

心中箱。運命を越えて想い合う二人を結ぶかすがい。

迷信だ。まじないめいた気休めにすぎない代物に、そんな力はない。

だが、里の思い詰めた表情には、一笑に付してしまえない迫力があった。

〝信実の愛〟。それが果たして何なのかはわからない。だが、並々ならぬ想いはきっと、伊佐がメイソンに対して抱いているものと同じだ。伊佐の思い描いた鏡の姿は、狂い咲いた徒花《あだばな》ではなく、棘があるだのなんだのとそしられても強く咲き誇る真紅の薔薇だったのだから。

「お鏡さんは今、どちらにいらっしゃるの？」

里はゆっくりと首を横に振った。ヒュースケンの死後に一度だけ詫びを告げにきた日を最後に、鏡は芝浦に姿を見せなくなり、以来一度も会っていないという。

えくぼが素敵な女の子だったのよ、と里は寂しそうに笑った。

ぼんやり考え込んでいるうちに、馬が横浜の港町に入った。

沼の彼方には、変わらず不夜城の島が浮かび上がっている。

岩亀楼に乗り込もう。自らの足で、潮騒に逢いに行ってやる。

手の中の格子の石ころに覚悟を込めた。

伊佐はメイソンの胸に寄りかかった。何があっても、彼がそばで支えてくれる。

たったそれだけのことが、何事でも成し遂げられると、伊佐をどこまでも強くしていた。


がはは、と扇の間に下品な笑い声が満ちる。

伊佐は眉をひそめ、男たちから目を逸らして少し遠くの壁を見た。

取り囲む雅《みやび》な青が、荒《すさ》びそうになる心を潤してくれる。

岩亀楼はやはりどこに目を向けようと見蕩《みと》れてしまうほどに絢爛だ。以前、見物客として訪れたときに行けなかった二階には、一階とはまた違った深く濃い景色が広がっていた。扇の間はその名のとおり、壁や襖障子に余すところなく扇面散らしが施されている。いずれも青地で、まるで水面を揺蕩《たゆた》う扇に囲まれているような心地にさせられる。無数の扇には走獣や山水、花鳥画、そして蝶や鯉などの生き物が描かれており、この岩亀楼の名にもある亀があしらわれているものも多い。

「見ない顔だな。新入りか」

不意に、酔いどれ男の一人に声をかけられ、伊佐の肩が跳ねた。

慌てて笑顔を取り繕う。徳利《とっくり》を手に取ると、男は今しがたの問いを忘れたかのように猪口を差し出してきたので、胸を撫でおろした。

潮騒の居所を探ろうと忍び込んだことを見破られてしまったかと肝を潰したが、思い違いだったようだ。

汗を襦袢《じゅばん》に染み込ませながら、頭上に向かって目を細めた。

黒漆塗りの格天井《ごうてんじょう》から、雪のように白いしゃんでりあが吊り下がっている。一階から見上げたものよりもずっと強く、けばけばしい光が肌を刺す。

「その着物を脱がぬという無礼な遊女、今この場に潜んでいるかもしれんぞ」

男の一人が羽織を肩から外して大仰に着たり脱いだりしてみせた。何の根拠もない思いつきだろうが、酔いどれたちは「おうよ」「そいつは、けしからんな」とげらげら笑った。

「脱がなけりゃわからねえ、脱がしてみようぜ」

「よし、せっかく外国の旦那方もいるんだ。ここは一つ、女どもに横浜拳をやらせてみてはどうだろう」

　横浜拳とは、石、紙、鋏《はさみ》から一つ選んで片手でそれを表し、互いが選んだ手の組み合わせで勝敗を決する手遊《てすさ》びだ。

「妙案じゃないか、さっそく始めよう」

にわかに場が賑やかになり、外国の商人たちも日本の商人たちにならって傍らの女たちを囃《はや》し立《た》て始めた。女たちは「あんたたちったら、もう」などと言いながらも、自然と座敷を囲うように作られた男たちの円の中心に入っていく。

　伊佐はこっそり後ろへ下がろうとしたが「さあさあ」と誰にともなく背中を押され、輪のなかに追いたてられてしまった。

「それ、チョンキナ踊りじゃ」

　商人の一人が膝を叩いて音頭を取った。ほかの男たちも足踏みなどで女たちを煽り立てる。歌と三味線に合わせて、畳が踏み鳴らされる。やがて前に歩み出た二人の女が向かい合い、身を捩って踊りだした。

「ちょんぬげ、ちょんぬげ、ちょんちょんぬげぬげ、ちょちょんがなんのその、ちょっとぬいでよいやさ」

　歌の調子に合わせて、二人の女は同時に手を突き出した。

　負けた方の女は「まあっ」と口元に手を当てて大袈裟《おおげさ》に叫んだあと、身をくねらせながら着物を一枚脱ぎ去り、足元に落とした。

「イイゾー」「いいぞおっ」

日本と異国の声が混ざり合い、場がのぼせあがったように沸き立つ。

歌が繰り返され、十数人の女たちが入れ代わり立ち代わり、チョンキナ踊りを舞う。一枚、また一枚と脱ぎ捨てられた着物が次第に畳を覆い尽くし、鮮やかな青が溢れて座敷に海原が広がった。

遊女は客の前では食事も酒も口にしないはずだが、この場の女たちは男たちよりも酔っているのかと思うほど大胆に、丸裸同然になるまで着物を脱ぎ去っていく。

手で顔を覆いたくなるのを堪え、伊佐はしゃんでりあの光を照り返す女たちの雪の肌に目を凝らした。幾枚も折り重なった厚い着物の下から火傷の痕が飛び出す瞬間を見逃してはならないと、気持ちが逸《はや》っていく。

酔いどれ商人の下種《げす》な思いつきは、皮肉にも伊佐が火傷の痕を持つ女を見つけ出すにはお誂《あつら》え向《む》きだったが、ほとんどの女が踊り終えた頃になっても、火傷の痕のある女は一向に見当たらなかった。

「ほれ、次はあんたの番だよ」

後ろから肩を摑まれ、突き飛ばされた。よろめき、輪の中心で四つん這いになる。

「乱暴なマネするんじゃないよ。怯えてるじゃないか」

鋭い声が、業物で斬ったように輪を裂き、伊佐に向かって通り道を作った。青紫色の地に真紅の大振りな薔薇が咲き乱れる打掛を纏った女が、目の前まで歩み出てきて伊佐を見下ろした。

「あんた、名は」女は膝を折って伊佐に手を差し伸べた。

「伊佐でございます」

「ふうん、お伊佐ね。アタシは潮騒ってんだ。よろしく」

潮騒はにっと口角を引き上げた。白粉の濃い顔にえくぼが浮かんだ。

「あなたが、潮騒さん……」

伊佐は鑑札を潜ませた帯に手を当てた。全身からとめどなく汗が噴き出す。のどを鳴らした拍子に、首筋を伝う汗が襟元を湿らせた。

「おや、どうやら残ってんのはあんたとアタシだけのようだね。ここは一つ、お手合わせ願おうじゃないか」

言いながら、潮騒は足元に折り重なって散らばっている着物を、足で雑に脇へ追いやった。

「いえ、あたしは……」

「つべこべ抜かすな。さっさと踊れ、勝負をせえ」

酒臭い男たちの声に急かされ、間髪を入れずに歌が始まった。

潮騒が手を大仰に振り、大きく身を捩りだす。

濃い脂粉のにおいに、輸入香木の匂いと、汗の酸っぱい臭いが混ざり合って漂ってくる。

止むを得ない。この勝負に勝てば、潮騒の肌に火傷の痕があるかを確かめることができる。

繁蔵の死の真相に一歩近づくことができるのだ。

潮騒を前に、伊佐は拳を握って背中まで引いた。

「ちょん立て、ちょん立て、ちょんちょん立て立て、ちょちょんがなんのその、ちょいと立てよいやさ」

歌が止むと同時に、伊佐と潮騒は勢いよく腕を前に突き出した。

そのとき、ずしんと身体が下から突き上げられた。

足が畳から浮き上がり、うつ伏せに倒れる。

どすん、がしゃんと派手な音が続けざまに耳朶《じだ》を打った。

「きゃああっ」

女たちが悲鳴を上げながら頭を庇って蹲る。

揺れは思いのほか、すぐに収まった。

「な、何事でしょうか」

地震とは違う、妙な震動だった。越中島の調練場で砲術の調練が繰り返し行われているときの揺れによく似ている。

伊佐はおずおずと顔を上げた。

煙草盆や盃洗が中身を撒き散らして一つ残らずひっくり返っている。屏風が派手に倒れ、手前に居た者たちを下敷きにしていた。

上体を起こすと、チリチリと鳥の囀《さえず》りのような音が頭上から聞こえた。見上げるなり、のどの奥の方がひゅっと変な音を立てた。

いゝ、しゃんでりあが、馬が尾を振るようにして揺れている。

乱れ飛ぶ眩い光が目を刺してくる。手をかざして光を遮ったとき、しゃん、でりあを吊り下げていた紐がぶちぶちと鳴りだした。

声が出ない。

手足が動かず、這って逃げ出すこともできない。
こんなときに限って、幸正の言葉が胸を埋め尽くす。
――あいつに見初められた女は必ず死ぬ。
――どの女も決まって不幸に見舞われて命を落としている。
――人殺しというより、もはや崇りだな。
崇り。
そんなもの、あるわけがない。
ぶちり、と紐が最後に一際鈍く、短く鳴った。
光の塊が伊佐を潰そうと迫りくる。
「メイさんっ」
やっとのことで声を振り絞り、叫んだ。
身体が浮き上がった。そのまま抱え上げられ、光の下から引っ張り出される。
爪先を掠めてしゃんでりあが砕け散った。
雪のように舞って勢いよく飛び散る破片を、男の影が遮った。
濃紺の装いの大きな身体に両腕で抱かれ、伊佐は畳に伏せられた。
「イサ」
碧い目に覗き込まれ、頬を撫でられた。
力が抜け、広い胸元に額を埋めるようにもたれかかる。
「メイさん……」

安堵のあまり、涙声になった。

濃紺の上着を握りしめると、震える背中をそっとメイソンにさすられた。

座敷は今までの乱痴気騒ぎが嘘のような有様だった。倒れた屏風や落ちたしゃんでりあの破片で傷を負った遊女や商人たちが、血が流れている手足を押さえて叫んだり、項垂れたりしている。

しばらく経つと、廊下に面した襖障子の外から、足音や怒鳴り声が聞こえてきた。あちこちでひっきりなしに、この国の言葉と外国語が混ざり合って飛び交っている。

「そうだ、潮騒さんは」

慌てて周りを見回すも、あの薔薇の着物はどこにも見当たらない。

「沼に何かが落ちた、外塀より高く水しぶきが上がったぞ」

廊下を滑るように駆けてきた若い者が、大門の方を指さして叫んだ。

座り込んでいた者たちの震えが強まった。立ち上がる余力のある者は、よろよろと廊下へ出ていった。

「あたしたちも行きましょう、メイさん」

メイソンに蛇の目傘を差しかけてもらい、二人は仲之町通りに駆け出た。

奏でられているはずの清掻は聞こえてこない。草花の香りも掻き消されている。鈍色の雲に急き立てられて一足早く灯っていた軒先の提灯の列が、妙におどろおどろしい。

蜂の巣を突《つつ》いたように人々があちこちの建物から飛び出してきて、雨に打たれて俯く秋の七草を挟んで通りを埋め尽くした。

誰もが顔を強張らせ、こわごわと大門の方を見ている。

そのとき、鈍色の空に黒い塊が現れた。

「イサッ」

メイソンは傘を放り出し、大門を背に伊佐を抱きかかえて押し倒した。

金の髪が揺れる肩越しで、筆の先で突いたような点が、瞬く間に大きな弾丸に変わった。弾丸は弓なりに風を裂き、大門のすぐ外に架かる橋にぶつかった。

一本道と遊廓島を繋ぐ、唯一の橋。

その橋が、弾け飛んだ。

孔雀《くじゃく》が羽を広げるように、欄干や橋桁の破片が高く舞い、沼にぼとぼとと落ちた。

落雷のような轟音と共に疾風が吹きつけ、いろとりどりの草花を薙《な》ぎ倒《たお》した。

辺りが雨の音だけになった頃、伊佐はメイソンに手を取られ、おそるおそる立ち上がった。

たちまち、耳をつんざくような悲鳴に包まれる。

「なんと……」

伊佐は言葉を失い、立ち尽くした。

今しがたまで架かっていたはずの橋が、忽然《こつぜん》と消えてなくなっているではないか。

島に続く道の先端はひしゃげたように崩れ、飛び散った橋の破片の隙間を埋めるように大勢の人々が倒れている。海原の高波のようになった沼の水が、橋のあった場所でまるで壁を作るように荒ぶっている。

「閉じ込められてしまったか。しかし、どぶ臭くてかなわんな」

草花が傾いた植え込み越しに、一人の男が鼻を袖で押さえながら零した。

「粟菱寿衛郎次様……？」

思わず男の笠の中を覗き込んだ。深川の長屋を訪ねてきたときの装いとは打って変わって、町人のような出で立ちをしている。

「岩動屋のお伊佐殿。なぜそなたがここにいるのだ」

粟菱は、長屋暮らしの町娘だったはずの伊佐の豪奢な装いに、目を細めた。

「綿羊娘になったのか」

「ええ。あたしは自らの意志で、父の汚名を雪《すす》ぐために、ここに来たのです」

肩に置かれているメイソンの手を上から包むようにして触れた。

「粟菱様こそ、どうして港崎遊廓に？」

伊佐の問いかけに、粟菱は被っている笠を摘んで手前に下げただけだった。

にわかに雨脚が強まり、空が光って雷鳴まで轟きだした。通りの人々が押し流されるように左右の建物に戻っていく。物見高い何人かは軒先の提灯の列の陰に隠れるように佇み、大門の様子を窺《うかが》っている。

「沖の白い軍艦からいきなりズドンてきたってよ。たった一撃で橋が木端微塵《こっぱみじん》になっちまった」

「ありゃあ英吉利の船だ。先月、錦江湾で薩州を焼いて戻ってきたあああむすとろんぐとかいう惨たらしい大砲だよ。戦にはならねえってお上が言うのを真に受けてねえで、さっさと逃げちまうんだった」

灯りを浴びた蒼い顔たちが、声を震わせる。

「本当にメイさんたちの大砲でしょうか。英国海軍の方々も廓の中に大勢いるのに、砲撃するとは思えませんけれど」

伊佐は一枚の地図を思い出し、首を傾げた。幸正と来たときに拾った横浜の港町の地図には、大門の前の橋に、黒い墨で細くバツ印が書き込まれていた。

「かのあむすとろんぐ製の後装施条砲、薩州との戦では不発や暴発が相次ぎ、味方にも死人や手負いを出したと聞いている。薩州から帰還して間もないことを思えば、欠陥のある大砲が暴発を起こしたとしても、あり得ない話ではないだろう」

粟菱がメイソンに冷たい目を向けた。

「暴発ならば、砲弾が廓の中に落ちなかったのは、まだ幸いだったのかもしれません。それこそ、浪士の焼き討ちに遭ったようになってしまうでしょうから」

伊佐が言い返すと、粟菱は眉を吊り上げて腕を組んだ。

「この有様、まるで孤島だ。橋の架け直しも急務に相違ないが、この沼の荒れようでは、迂闊《うかつ》に舟を浮かべて近づくこともできないだろう。ともかくこの嵐が収まらぬうちは、廓は閉ざされたままと覚悟せねばなるまい」

ぎいぎいと木の軋む音を響かせ、大門の重々しい扉が動きだした。

伊佐の胸はやけに騒いでいた。

閉ざされたこの島には今、あらゆる人々が閉じ込められている。

見物客、外国人、色を売る女たち、その女を買う客、そして粟菱や伊佐のような何らかの目的を持った者たち。

あらゆるものを抱き込んだまま、今、箱の蓋は閉じられようとしている。

これから数日間は、蓋が開かれることはない。

平穏かつ無事に過ごせるとは、どうにも思えない。

メイソンの手に添えた指先に自然と力が込もる。強い力で握り返され、弾かれたように見上げた。目が合い、揃って大門に向き直る。

碧い眼差しの先で、荘重な門がゆっくりと閉じられた。


栗蓑と別れ、ずぶ濡れになった着物の裾を絞ってから再び岩亀楼の暖簾を潜ると、あちこちから鋭い殺気が矢を放たれたように一斉に飛んできた。

華やかで愉しげだった妓楼の雰囲気は、いまや深い海の底のようにどんよりとして昏《くら》い。豪奢で華やかな設えが、かえって心を沈ませているようにも思えてくる。

一階には足の踏み場もないほどに見物客が座り込み、奉公人や若い者があくせく動き回る様子を呆然と眺めている。隣り合った誰かと話す声はひそひそと小さく、子どもの泣き叫ぶ声だけが高い天井を落とす勢いで響き渡っている。妓楼全体が張り詰めた弓のようだった。

破片を撒き散らして吹き飛ぶ橋を見た誰もが、沖から港町を狙う幾門もの大砲を思い出していた。

いつ火を噴くかわからない魔の口を、自分たちは常に向けられている。華やぐ世界に浸って目を逸らすことは、もう許されない。

島に閉じ込められて家に帰れないというだけでも恐ろしいのに、いよいよ横浜で戦が始まるのか、というきな臭い気配が、人々の表情を強張らせていた。

腰を下ろせる場所を探して、人の少ない太鼓橋へ向かう。一歩踏み出すたびに見えない鏃《やじり》は数を増やしていき、肌がびりびりと痺れた。

「おい、そこの異人っ」

乱暴に叫ばれた。橋の袂から奉公人の男が、短銃をメイソンに向けている。

「その紺色の服は英吉利人だろう。よくもやってくれたな」

怒声に焚きつけられたように、項垂れて座っていた人々が次々と立ち上がった。無数の人指し指がメイソンに向けられる。

「本当だ、海軍じゃないかっ。大砲で橋を落としたやつらの仲間に違いねえ」

「あたしらを閉じ込めて、どうしようっていうんだ。なんて恐ろしいのっ」

「何を言うの。メイさんは――」

伊佐がメイソンを庇うように前に出た途端、向けられていた短銃の筒先から重々しい音が響いた。

「うっ」

「イサ！」

よろめき、橋の欄干にもたれかかる。痛みはない。

弾丸は着物の端をわずかに掠めただけで、どこかへ飛んでいったようだ。

橋の近くにいた人々が一目散に逃げていく。

「脅そうとしただけだ。本当に撃つつもりは……」

煙を吐く筒を震わせながら男は声を荒らげたが、それよりもはるかに怒気を帯びた早口の英語に掻き消された。

顔を真っ赤にしたメイソンが、懐から六連発拳銃を引き抜いて構えた。

「ひいっ」

男の手から短銃が零れ落ち、餌を待つ錦鯉たちの間隙を縫って池の底に沈んだ。

「そんな派手な着物を着ているから、弾がそっちへ飛んじまったんだ。おれは悪くねえっ」

男は力を振り絞るようにして喚《わめ》いた。メイソンが銃をかちりと鳴らすと、及び腰のままどこかへ走り去っていった。

「ほら、英吉利人が銃を持ってる。ここでぶっ放す気だぞ！」

人々の目はメイソンの黒い筒に奪われていた。

逃げる場所はないかと、伊佐は二階を見上げた。襖障子は一つ残らずぴたりと閉められており、襖障子が外れている座敷には誰もいない。乱痴気騒ぎに興じていた外国人たちは皆、すっかり息を潜めていた。

「あら、誰かと思えば〝遊女殺し〟のスタンリー・メイソン大尉殿じゃないか」

夜見世が始められなくて手持ち無沙汰になり座敷や張見世から出てきた遊女たちが、太鼓橋の上に佇むメイソンを見て騒ぎ始めた。

「本当だ、メイソン大尉殿だよ。橋が吹き飛んじまったのも〝遊女殺し〟の祟りだったりして」

「ひゃあ、おっかないねえ」

「おい、〝遊女殺し〟だとっ。なんだそれは」

遊女たちは一人また一人と、祟りのあらましを居合わせた人々に大袈裟に明かしていく。

「女を殺すやつなんざ、生かしちゃおけねえ」

「冗談じゃねえ、これ以上異人に好き勝手されてたまるか」

猛《たけ》る男たちは腕を高く振り上げ、今にも橋の上に押し寄せてきかねない勢いだ。

不意に、泥まみれの石礫《いしつぶて》が飛んできた。伊佐の顔にぶつかりそうになるのをメイソンが素早く払い落とした。

石礫の飛んできた方を見る。欄干によじ登った幼い男の子が、涙目でメイソンを睨みつけて
「出てけ！」と叫んだ。

「そうだ、出ていけっ」

「失せろ！」

堰《せき》を切ったように大人たちも次々に声を上げ、ついには煙管やら盆やらまで飛び交いだした。

「やめてください！」

伊佐はメイソンの前で手を広げた。

「祟りなんてあるわけないでしょう。いいかげん、目を醒《さ》ましてください！」

全身に力を込め、声を張り上げた。

自分の声とは思えない、有無を言わせぬ圧を孕んだ声だった。

場がしんと静まり返る。

「でっでも、こいつは遊女を三人も殺めた男なんだろう。橋を落としたのも英吉利の大砲の弾だそうじゃねえか」

「祟りも大砲もメイさんは関係ありません。あたしが証明してみせます」

拳を握り、勢いに任せて啖呵《たんか》を切った。

これ以上、理不尽にメイソンを罵られるのは我慢ならない。

三日後に嵐が収まり大門が再び開かれたとき、神奈川奉行所の役人と共に英国海軍もやってくるはずだ。そうなれば、人々の怒りの矛先がメイソン一人に向けられることはなくなるだろうが、〝遊女殺し〟の汚名は雪げず終いになるだろう。それでは、メイソンがあまりに不憫だ。

メイソンは遊女を殺めていない。祟りだなんて、ありえない。

繁蔵の無念を晴らし名誉を守りたいという自分勝手な願いを聞き入れ、支えてくれる彼の恩に報いたいという想いが、伊佐を突き動かしていた。

「行きましょう、メイさん」

伊佐はメイソンの手を取って足早に太鼓橋を渡ると、灯りと蛇の目傘を手に持ち、提灯が妖しく手招く雷雨の仲之町通りへと駆け出した。


〝遊女殺し〟の祟り。

海桜亭で粗相をした日に幸正から聞いた話を思い返す。

亡くなったのは三人の遊女。

一人目は二年前、港崎遊廓の裏通りにある蕎麦屋の台所で事切れていた。

二人目は一年半前、金刀比羅社の境内で足を滑らせ、頭を打って死んでいた。

三人目は八ヵ月前、岩亀楼の異人館の座敷で自刃した。

最初の遊女、水月《すいげつ》が亡くなった蕎麦屋「三河屋《みかわ》」の場所は、岩亀楼が日頃から懇意にしている店なだけあり、妓夫台で油を売っていた店の若い者に強く問い詰めただけですぐに知ることができた。

霞みがかった提灯の列に見送られながら、伊佐とメイソンは、岩亀楼から仲之町通りを挟んだ正面の路地木戸を潜り、裏通りに入った。

通りの中心を縦に貫くどぶ板の列を、下駄の銀杏歯と雨粒が我先にと乱れ打つ。

「三河屋」の看板はすぐに見えた。暖簾は出ていない。

伊佐が台所を見せてほしいと告げると、店の主人はメイソンを見るなりあからさまに顔をしかめたが、頼み込んでどうにか中に入れてもらった。

台所は小ぢんまりとしていた。

水月が倒れていたという木の床板には、血が塗り込められたように染みついて黒く変色していた。

「掃除しても全然落ちねえし、客の目に触れるもんでもねえから諦めたよ」

店の主人が言い終わらぬうちに、メイソンが血の痕に引き寄せられるようにしゃがみ込んだ。しばらくじっと染みを見つめたあと、白く長い指で血の痕を撫でた。

「メイさん……？」

覗き込んで、碧い目が揺れていることに気づいた。

身を引き、振り返ったメイソンに笑顔を取り繕う。

気づかなければよかった。

ここで亡くなったのは、メイソンの過去の女なのだ。

祟りは迷信でも、メイソンが伊佐と出逢う前に三人の女と関係を持っていたということは、紛れもない事実だ。

それは裏切りではない。だが、この碧い目が自分ではない女たちを慈しんでいる様子を、否《いや》が応《おう》でも想像してしまう。

胸が詰まり、息が苦しくなった。

「呼んでくれりゃ天ぷら丼くらいすぐに持っていったのに、まさか忍び込んで食ってるだなんて思いもよらなかった」

店の主人の溜め息混じりの声に、伊佐は意識を引き戻された。

「天ぷら丼、ですか?」

「水月は蕎麦が毒になる病だったから、ウチじゃそれしか食えねえってんで、よく注文を受けていた。おれがここで倒れているのを見つけたときに台の上にあったのは、食いかけの蕎麦だったがな」

蕎麦で死に至る病が何なのかは伊佐にはわからないが、たとえ腹を空かしていたとしても毒である食べ物を口に入れるとは思えない。一刻も早く食べ物にありつこうとしていたとしても、廓の中には他にいくらでも料理屋があるし、三河屋より近くにも仕出し屋はある。

「この血、水月さんが蕎麦を吐き出したときのものでしょうか」

「いや、おれが仏さんを見つけたとき、仏さんの口元に油みてえなもんは付いていたが、血は付いてなかった。首から噴き出した血にまぎれたのかもな。蕎麦を摘み食いして床をのたうち回っていたところ、台にぶつかった拍子に上に置いてあった包丁が落ちて偶然首に刺さったと、調べ役のお役人様方は考えておられた」

たまたま落ちた包丁が見事に首筋に当たるなんて、そんなこと、あり得るだろうか。

以前、幸正から話を聞いたときも腑《ふ》に落ちなかったことだ。

「蕎麦や包丁を出したままにして台所を出ることは、よくあるのですか」

「おれなら必ず片付けてから出ていく。水月が食っちまった蕎麦と剝き出しで置かれていた包丁は、おれの留守に店の誰かが出してそのままにしたものだろうな。騒動のあとで店の者を全員問い詰めたが、とうとう誰も名乗り出なかった」

店の主人は腰に手を当てながら苦々しく零した。


三河屋を出た二人は仲之町通りに戻り、今度は大門の反対側にある金刀比羅社を目指した。

鳥居を潜ると、嵐の境内には誰もいなかった。拝殿に向かって右側に、二人目の遊女、磯風《いそかぜ》が死んでいたという手水舎があった。

磯風が亡くなった日も、空はひどく荒れていたという。毎朝の習慣で明け六つより早くに参拝に来た彼女は、雨で足元が悪かったこともあり、頭を強く打ったのだと幸正は言っていた。

提灯を傘で守りながら、手水舎に近づき、目を皿のようにして周辺を調べる。土と石でできた地面には、誰かが亡くなった痕跡らしきものは見当たらない。血が大量に流れたとしても、一年半もの歳月が経てば、さすがに雨風で洗い流されてしまうだろう。

屋根の下に入り、水面を覗き込む。瞬間、下駄の底がつるりと滑った。

「きゃあっ」

前のめりになり、手水舎の水に顔が浸かりそうになる。間一髪のところでメイソンに後ろから腕を引っ張られ、転ばずに済んだ。

伊佐は額に滲んだ汗を拭いながら、ふと天井を見上げた。

腐った木の臭いに覆われたそこには、雨水では濯《すす》ぐことのできない変色した血の痕がべったりと付いていた。

「ここにも血が残っていますね……」

じっくり天井を眺めてから、顔を戻した。

整然と並べられた柄杓《ひしゃく》の間の水面で、碧い目がまたしても潤んでいるのが見えた。ここで命を落としたかつての女——磯風に想いを馳《は》せているのだろうか。

背中を丸め、伊佐は手水舎に背を向けた。

今しがた転びそうになったことも忘れて、足早に鳥居まで引き返した。メイソンの蛇の目傘がぴたりと後ろから付いてくるのが、どういうわけか煩わしい。

「イサ」

メイソンは傘をさしかけたまま伊佐の正面に回った。

伊佐はハッとして唇を嚙みしめ、身体の脇で拳を握った。

その拳が、無骨な手に包まれる。メイソンは雨水に膝が浸かるのもかまわずに腰を落とし、伊佐と目の高さを合わせた。

「イサ」

再び諭すように名を呼ばれる。

「メイさん、あたし……」

返す声が悴《かじか》んだようになった。

答えを聞くのは恐ろしい。

だが、どうしても確かめずにはいられない。このまま胸のうちに晴れぬ靄《もや》を抱えたままでいるのは耐えられそうもない。

これは、メイソンの汚名を雪ぐことにも、繁蔵の名誉を守ることにも関係ない、伊佐が自分の心を救うためだけの自分勝手な問いだ。

「メイさんは亡くなった三人の遊女たちを、どのようにして見初めたのですか」

指を三本立て、血の痕を指さし、わずかに覚えた英語を使って、どうにか問いかけた。

今ここにいる男は、伊佐ではない女の何に心惹かれ、どんな想いを胸にその柔肌を抱いたのだろう。

メイソンは伊佐の目の奥を見据えた。

それから、はっきりと「バーキット」と答えた。

「――えっ」

思わず、声が洩れた。

メイソンは自ら遊女を選んでいなかった。だが、そんな安堵を覚えた一方で、思いがけない名が飛び出したことに面食らった。

「お三方とも、バーキット大佐殿のお取り計らいだったのですか」

メイソンは伊佐の目を見つめながらしっかりと頷いた。


岩亀楼は伊佐たちが出掛けている間に、わずかながら落ち着きを取り戻したようだった。老若男女でごった返すなかで夜見世が始められるわけもなく、楼主の佐藤佐吉は行き場を失った人々に妓楼内の座敷を開放したらしい。

一階に座り込んでいた者たちは大方二階の座敷へ上がり、空いた広間では呉服屋が品を並べていた。平時であれば妓楼に来るのは昼のはずだが、人々が集まる今この場を書き入れ時と考えたのか、はたまた沈んだ場を賑やかしに来たのかはわからない。

着物に群がる人々を横目に、伊佐とメイソンは扇の間をはじめとする広間を通り過ぎて吹き抜けの廊下を進み、〝異人館の遊女〟の部屋が連なる区域に踏み入った。

三人目に亡くなった遊女、小波《さざなみ》が自刃した部屋は、惨劇があったとは思えないほど綺麗に片付けられていた。

壁一面には春画が飾られており、優美な扇の間との差に面食らった。平然としているメイソンの横でどんな顔をすれば良いのかわからず、赤くなっておろおろとしてしまう。

小波は床の間に背を向けて正座した状態で亡くなっており、血が大量に飛び散って緋毛氈を敷き詰めたようになっていたと、部屋の場所を訊ねた奉公人から聞き出すことができた。畳がすべて張り替えられているのを見るに、計り知れないほどの流血があったことは想像に難くない。

「この畳、剝がしてみましょう。メイさん、お願いします」

畳の縁に指をかけて引き上げる動きをしてみせると、メイソンは頷いて、あっという間に畳を剝がしてくれた。

しゃがみ込み、床板を覗き込む。拭いきれていない血が板にしっかりと染み込んで赤黒い痕を残していた。

「自刃に用いた凶器はどのように手に入れたのでしょう。目を盗んで楼主のところから持ち出したのでしょうか」

床の間を見つめて呟いた。

「小刀を隠し持っていたんだよ。矢立に見せかけた鞘に納めてね。小波は尊王攘夷の志があるって噂だったし、覚悟を決めていたのかもしれない」

聞き覚えのある声に廊下を振り返ると、潮騒が立っていた。夜明方の薔薇の打掛。右手の煙管から立ち昇る白煙の先に、えくぼが浮かび上がっている。

「潮騒さん、どうしてここに」

「隣はアタシの部屋だよ。あんたたちこそ何してんだい」

何食わぬ顔で畳を元に戻すメイソンに向かって、潮騒はわざとらしく煙を吐きかけた。

「血の痕を確かめたかったのか。そりゃあ常に客が登楼ってくる部屋なんだから、床下まで綺麗にする余裕はなかったんだろうよ」

今度はこちらに向かってきた煙を、伊佐は大きく手を振って払った。

「小波さんはどんな方だったのですか」

「器量はさほどではなかったけれど、愛嬌《あいきょう》のある娘だった。日本人町の商人の馴染みも何人かいたはずだよ」

「日本人町の商人ということは〝日本人館の遊女〟だったのですね」

「最初はね。でも一年前、馴染みの商人の一人から、懇意にしている英国人の旦那との取引が上手く運びそうだから力を貸してほしいと持ちかけられて、事情が変わったらしい。その馴染みの商人は取引相手の英国人から、自分の部下、つまりアンタの旦那サマに小波を引き合わせたいと言われていたそうだ。小波は引き受けてくれたら身請けすると拝み倒されて、こっちに来たんだよ」

「その取引相手の英国人って」

「英国海軍のアラステア・バーキット大佐殿さ」

「やはり、バーキット大佐殿がメイさんを」

金刀比羅社で伊佐が三人の遊女をどうやって見初めたのか訊ねたとき、メイソンはバーキットの取り計らいだったと教えてくれた。

バーキットは伊佐と海桜亭で顔を合わせたときも、幸正に断りなくメイソンを同席させた。伊佐の粗相はあったにしろ、結局はバーキットがメイソンに女をあてがう形になった。

三つの〝遊女殺し〟のいずれにも、バーキットの影がある。彼はメイソンに何らかの罪を被せようとしたのだろうか。

「二人ともアタシの部屋においで。特にお伊佐、アタシはあんたと話がしたかったんだ」

願ってもない誘いだった。彼女に近づくために、伊佐は岩亀楼に乗り込んだのだから。

煙管で隣の部屋の襖障子を指して進んでいく潮騒の背に、伊佐はわざと数歩遅れて付いていった。

伊佐　其の六

襖障子が開き切らぬうちから、輸入香木と煙草のにおいが肌に吸いついてきた。畳の上に煙草盆がある。壁には小波の部屋同様、春画が隙間なく貼られていた。

「異人館の閨房《けいぼう》はどこもこんなふうなのさ。アタシがベタベタやったんじゃないからね」

潮騒は淀みない動きで脚の長い椅子をメイソンに差し出した。

「石礫やら銃やら大変だったろう。騒ぎを聞きつけてアタシが一階に降りてったら、もうアンタらは啖呵を切って出ていったあとだった。間に合わなくて済まなかったね。これでも心配して戻ってくるのを待ってたんだよ」

「それはどうも」

気を張った返事をしながら、伊佐はメイソンの座る椅子の脇に正座した。

「まったく、どいつもこいつも、橋が落ちたからなんだってんだ。アタシら遊女は橋があろうがなかろうが、年季が明けるまで苦界の外には出られないってのに」

言葉の最後を煙に溶かして、潮騒は目を伏せた。一拍あけてから、潮騒は何でもない様子で壁際の箪笥に向かっていった。

「潮騒さんは異人館の遊女なのですか」

引き出しの奥を漁る背中に訊ねる。

繁蔵の骸が持っていた「岩亀楼　潮騒」の鑑札は〝異人館付の綿羊娘〟のものだ。三津田屋の主人も飯盛女は岩亀楼の綿羊娘、つまり〝異人館付の綿羊娘〟になったと言っていたはずだ。

「確かに初めは〝異人館付の綿羊娘〟だったけれど〝異人館の遊女〟に鞍替えしたのさ。綿羊娘じゃ、やっていけなくってね」

「高い俸給も旦那様に頂く贈り物もありながら、窮することがあるのですか」

「あるよ。〝野良の綿羊娘〟が増えたことで、鑑札を持つ〝異人館付の綿羊娘〟は〝野良の綿羊娘〟と〝異人館の遊女〟の間に挟まれて、どっちつかずになった。人気も仕事も俸給も〝野良の綿羊娘〟に掠め取られ、鑑札は意味を失ったのさ」

ふう、と潮騒が息を吐くのに合わせて、外で雷が瞬き、落ちた。

「〝野良の綿羊娘〟には御沙汰を下してしかるべきと神奈川奉行に訴えた者もいたようだけれど、奉行は慶庵の店を何軒か罰しただけで何も変わらなかった。それでもどうにか食っていくために、アタシらは断腸の思いで〝異人館の遊女〟に鞍替えしたんだ。全部、あんたみたいな〝野良の綿羊娘〟が現れたせいなんだよ」

「あたしを憎んでいるのですか」

「まさか。アタシはそんな小さい女じゃないよ。でも、羨ましくないと言ったら嘘になるね」

同じように色を売って生きる女でありながら、幾人もの男にかわるがわる抱かれることもなく、たった一人と夫婦になれる。それは苦界に灯火のごとく浮かび上がった、魂が深淵《しんえん》で対等に繋がり合うという、新しい男女の絆の形なのかもしれない。

「湿っぽい話をしちまったね。ただでさえどんよりしてるってのに、堪忍だよ」

潮騒は煙草盆を挟んだ向かいに座った。手には木箱を抱えている。

「お伊佐、嵐は好きかい？　アタシは好きなんだ。こうやって雨風凌げる部屋にいるだけで、自分はなんて恵まれた場所にいるんだろうって思えるから」

「あたしは晴れの日のほうが好きです。石を拾いにいけますから」

「深川名物〝石ころ屋〟のお伊佐さん。聞いたとおり、変わった娘だねえ」

「聞いたとおりって、どなたに」

「あんたのお父上の繁蔵様だよ」

「品川宿の三津田屋で父と話したのは、やはり潮騒さんだったのですね！」

煙管を手にしたまま潮騒は頷き、手元の木箱を伊佐に差し出した。

小振りな重箱ほどの大きさの木箱。伊佐が石ころ衆を入れていた箱によく似ている。

「三津田屋で仕事をした最後の夜、繁蔵様にこの箱を託されたんだ。見てくれが心中箱のそれなもんだから差し出されたときは驚いたけれど、娘の伊佐が〝岩亀楼の潮騒〟を訪ねてきたら渡してくれと頼まれただけだった。戸惑ったけれど、待ち惚《ぼう》けを食わせた挙げ句に失せ物探しを手伝ってもらった恩もあって、引き受けたのさ」

伊佐は木箱を受け取ると、はやる気持ちで蓋を開いた。

中には、何も入っていない。

「どういうことなの……？」

振ってみるとカサカサと音が鳴るが、見た限りでは、物が入っている様子はない。

「イサ」

メイソンが箱に手を伸ばしてきた。手渡すと、同じように振って音が鳴ることを確かめながら、中を隅々まで眺めたり、側面を叩いたりし始めた。

「潮騒さんの失せ物は何だったのでしょう」

「鑑札だよ。翌日から岩亀楼で使うってのに、繁蔵様がお越しになる寸前に失くしちまってね。宿中引っ繰り返して探しても見つからなくて途方に暮れていたら、繁蔵様に『心ゆくまで探してきなさい』と言っていただけたので、あちこち捜し回っていたんだ」

「潮騒さんが鑑札を探している間、父は三津田屋のご主人から有り合わせの木材と鋸をもらい、座敷でこの木箱を作っていたのですね」

「最初のうちはね。工作が終わってからは、鑑札を一緒に探してくれていたよ。庭に出て石灯籠の奥を覗き込んだりして、ああ繁蔵様も気にかけてくれているんだなあ、なんて思ったっけねえ」

「お庭の石灯籠……」

「見つからずに諦めて座敷に戻ったとき、その箱を渡されたんだ。それから、会食があるから外してくれと言われて、アタシは座敷を出た」

「翌日は、鑑札をお持ちでないまま岩亀楼に？」

「ああ。でもあとで再発行できたよ。火事で燃えちまったと楼主様が奉行所に上手いこと言ってくれたおかげで、事なきを得た」

立ち上がり、伊佐は帯の間に手を差し込んだ。

「潮騒さんが失くした鑑札は、こちらではないですか」

黒い板切れを取り出し、「岩亀楼　潮騒」の文字を潮騒に向けた。煙の先で、両目が惑うように揺れた。

「間違いない。アタシの鑑札だよ。なんであんたが……」

「五月十一日に骸で見つかった父が持っていたものです」

「なんと」

指先で弄ばれていた煙管が、ゆっくりと煙草盆に置かれた。

「ご愁傷様でございました。五月十一日はアタシが品川宿を発った翌日。座敷で火が出た後どうなさったのかと案じていたのだけれど、まさか亡くなられていたとはね」

「騒ぎの後の父の行方は、あたしにもわかりませんでしたが、父の骸は生家の近く、大川に浮かぶ船饅頭の苫舟で火に巻かれたようで、全身が黒く焼かれていました。町奉行所は父が船饅頭と相対死を遂げたと疑っていましたが、女の骸は見つかっていません。だから、あたしはこの鑑札の持ち主に会うために、ここまでやってきたのです」

鑑札を潮騒に手渡す。潮騒は表面の文字を撫でたり板を裏返したりしていたが、やがてふっとえくぼを作って薄く笑った。

「アタシは船饅頭でもなければ、繁蔵様の情死の相手でもない。このとおりさ」

潮騒は鑑札を伊佐に返すと、躊躇う素振りもなく帯を解き着物をはだけた。大胆に曝《さら》け出《だ》された雪肌に、傷痕の類は一切ない。

衣擦《きぬず》れの音で、箱を吊り行燈の灯りにかざしていたメイソンが顔を戻した。伊佐が慌ててメイソンと潮騒の間に割って入るように立つ。あたふたとしながら畳の上を滑る伊佐の姿に、潮騒が小さく吹き出した。

「もうすっかり忘れていたのに、今頃出てくるなんてね」

襟を合わせ、帯を結び直しながら潮騒がぼやいた。

「てっきり一階に泊まっていた商人に盗まれたものと思っていたよ。失くす寸前にアタシがもてなしたのはその男だけだからね。無性に腹立たしくて、繁蔵様にもアイツが怪しいんだってぼやいちまった」

「もしかして、浅見屋久作様でしょうか」

「そうだよ。繁蔵様は最初は首を傾げておられたけど、繁蔵様と会食予定の薄い眉の方ですよと言ったら、渋い顔をしていたね。確かそのあとで木箱を作り始めたはず」

「浅見屋様には翌朝から〝異人館付の綿羊娘〟になることをお話しになりましたか」

「ああ、酌をしながら喋《しゃべ》ったと思うよ」

もし浅見屋とやらが潮騒から鑑札を盗んだのなら、会食の席で繁蔵に渡すことはできるが、そんなことをする理由など見当がつかない。

そして、隣の部屋の乱闘騒ぎで火が出たとき、浅見屋は大荷物を担いで三津田屋から逃げてしまった――。

「イサ！」

不意にメイソンが椅子から立ち上がった。箱を中に灯りが差し込むように傾けながら、伊佐に向かって底の隅の方を指さした。

平らな底板の一部が「井」の形に窪んでいるように見える。

「イシコローヤ」

「あっ」

懐に手を入れ、押し込んであった硬い物を取り出す。

三津田屋の石灯籠の奥に置かれていた面妖な石ころ。その格子状の肌を、木箱の底面の同じ形の窪みに力強く押しつけた。

がたんと、木の底が跳ねるように外れた。

「二重底……」

奥の底には、丁寧に折り畳まれた和紙の束が入れられていた。

「おとっつあんの字だ」

広げた紙面には、口下手な一人の職人の胸のうちが、力強い筆でびっしりと書き連ねられていた。

伊佐の母である妻を亡くし、どん底にあったこと。

伊佐がそんな自分の救いであり、生きる光であったこと。

大切な一人娘の縁組みの相手には、仕事で命を落とす恐れのある木挽き職人は選ぶまいと決めていたこと。

さらに続けて、幸正への詫びが綴《つづ》られていた。

二年前、幸正から木挽き職人の道を奪った怪我は、繁蔵との諍《いさか》いで負ったものだったという。

諍いのきっかけは、伊佐を嫁にしたいという幸正からの申し出だった。

息子同然に手塩にかけて育ててきた一番弟子の願いを受け容れてやれず、納得してもらえる理由を素直に話すこともできず、挙げ句、職人の道すらも奪った。そればかりか、繁蔵は幸正を厄介払いするように破門にしてしまった。

詫びなければと、夜毎《よごと》後悔に苛《さいな》まれた。一番弟子の破門を周りに伝えることすらできずにいるうちに、二年が経った。

そんなとき、幸正の方から、久しぶりに顔が見たいと、品川宿で会食でもどうかと連絡があった。

幸正を呼び戻そう。そして、伊佐を彼のもとへ嫁がせよう。

会食が始まったら、幸正に頭を下げ、もしまだその気ならば伊佐を嫁にもらってはくれないかと頼み込むつもりだ、それが、今の自分にできるせめてもの償いなのだ――という決意で、手紙は締められていた。

「おとっつあん……」

墨の文字が一つ、また一つと滲んでいく。紙の束を胸に引き寄せ、抱きしめた。

繁蔵が頑なに婿養子を取ろうとしなかったのは、伊佐を木挽き職人に嫁がせたくなかったからだったなんて。

そして、繁蔵が品川宿に泊まったのは、幸正に会うためだった。攘夷派浪士と手を結んでいたからではなかったのだ。

「イサ」

肩に手が添えられる。

優しい碧色の双眸にそっと顔を覗かれ、なおさら涙が止まらなくなった。

「たまげたね。〝遊女殺し〟の祟りをものともしないとは」

潮騒が珍しい花でも見つけたような顔で伊佐とメイソンを見つめている。

「〝遊女殺し〟の噂をご存知なのですね」

「遊女の間では有名な話だからね。禿《かむろ》たちだってみんな知ってるよ。まあ、あんたがこうしてピンピンしているんだからただの噂なんだろうけど。それを証明するために、さっき威勢よく嵐のなかを飛び出していったんだろう。どうだったんだい」

覗き込んでくる潮騒に、伊佐は涙を拭って向き直った。

「〝遊女殺し〟の噂には黒幕がいるかもしれません。メイさんは上官のバーキット大佐殿によって、三人の遊女に引き合わされただけだったのです」

伊佐は手紙の束を折り目に沿って畳み、帯の間に押し込んだ。

繁蔵は間もなく会食という忙《せわ》しないときに、伊佐に宛てて手紙を書き、それを二重底の木箱に潜ませるという手間のかかることまでした。

会食の相手が幸正だったのなら、彼は浅見屋久作という偽名を名乗っていたことになる。なぜ宿には名を偽ったのか。

そもそも、会食が金箱強奪騒動とときを同じくしていたことさえ、偶然にしては間が悪すぎる。幸正こそ騒動に関わっているのではないか。繁蔵と共に品川宿にいたことを伊佐に明かさなかったことも引っ掛かる。

「どうした。そんな怖い顔をしていたら、あっという間に老け込んじまうよ。気晴らしに呉服でも見にいこうじゃないか」

潮騒が膝を叩いて立ち上がった。じっと固まっている伊佐の手を引き、廊下をずんずんと進んでいった。


呉服屋には先ほどよりも客が増えていた。

障子が開け放たれた広間で、いろとりどりの打掛や着物、帯などが畳の上や衣桁《いこう》に広げられ、女たちが群がっている。

潮騒に背中を押され、メイソンと二人、中へ押し込まれた。

メイソンを見た女たちは口々に悲鳴を上げ、蒼褪めて広間を出ていった。

人が減って畳がよく見えるようになり、嘘のように辺りが静かになる。

「英吉利の旦那、こんな塞ぎがちなときだ、ここは一つ、嫁さんに贈り物をして気分を明るくしてはどうだい」

店主が座ったままメイソンを見上げた。口調は陽気なふうだが、客を追い払ってしまった男に向ける目は冷たい。

伊佐はふと、呉服屋の店主の真後ろの衣桁にある打掛に目を留めた。

光を放っているように眩い黄金色の縮緬。裾の裏地の赤紅色。それだけで大層派手だというのに、空から見下ろした横浜の港町を描いた堂々たる柄をしていて、まるで客寄せのためだけに持ってこられたような一枚だ。思わず一昔前に人気があったという上方の名所を模様にした友禅染の小袖を思い出した。

「やっぱりこれかい。仲之町通りが花菖蒲になる頃にも、旦那みたいな英吉利人が買っていかれたよ」

店主が伊佐を見ながら勢いよくパンと膝を打った。

「花菖蒲の頃ということは、三ヵ月前、五月の頃でしょうか」

「そう、五月六日だった。どんたくの日だったからね、女たちが気合い入れて新しい召し物をって息巻いていて、えらく儲かった日だった。異人の旦那が妓楼の中までわざわざ呉服を買いにくることなんて滅多にねえから、よく憶えているよ。日本人町の大店《おおだな》の方が取り揃えが良いって身振り手振りで伝えたら、あっちには地味な品しかなかったからここまで探しに来たんだ、と返された」

五月六日。金箱の強奪騒動の三日前だ。

「それは英国海軍の方でしたか」

「軍の人かは知らねえけど、赤みがかった栗毛をした熊みてえな旦那だったよ。異人さんはみんなでけえし人相もろくに見分けがつかねえけど、ことさらに大きかったからよく憶えている」

バーキットだろうか。もし彼だったとして、なぜ派手な女物の打掛を求めたのだろう。彼には妻がいなかったはずだ。

――そんな派手な着物を着ているから、弾がそっちへ飛んじまったんだ。

太鼓橋で短銃を振り回していた男の言葉が、不意によみがえった。

店主が衣桁から打掛を外そうとしている。伊佐が慌てて断ると、あからさまに顔を歪めてメイソンを睨んだ。

礼を言って踵を返す。開いた障子の縁からこちらを覗き見ていた女たちが、蝶が一斉に飛び立つように四散していった。

「お伊佐」「お伊佐殿」

メイソンと共に座敷を出ると、二つの見慣れた顔が待っていた。


伊佐たちを待ち構えていたのは、粟菱と潮騒だった。

潮騒の部屋に上がり、出しっ放しの煙草盆を四人で囲む。

「粟菱様、こちらをご覧になってください」

粟菱に向かって、伊佐は繁蔵の手紙を差し出した。

手紙を読めば、繁蔵は攘夷派浪士とは無関係で、幸正と会うために品川宿に行ったのだとわかる。繁蔵にかけられた疑いを晴らすことができるはずだ。

「父があたしに遺したものです。そこには、父は弟子だった幸正さんに誘われて会食をすると書かれています。しかし、潮騒さんによれば、父の会食の相手は宿には浅見屋久作と名乗っていたそうです」

「浅見屋久作か。拙者も三津田屋でその名を聞き、素性を探ったが、わからず終いだった。幸正とかいう元弟子が名を偽っていたということか」

　粟菱は腕を組んで煙草盆を睨んだ。

「たかが偽名一つでも遊び心があった方がいかにも手口の鮮やかな悪人のようだと、かつて戯けたことを申す知人がいたが、今となってはそう見当はずれでもないと思うところもある。一例だが、あるふぁべっとという外国の文字ならば、文字を並び替えれば別の名を生み出すこともできる。異人があなぐらむと呼んでいる手法だ」

　潮騒がハッとして、懐から一枚の紙を引っ張り出した。

ひらがなが一覧になった、日本語の五十音図。それぞれの文字の脇に、〝A〟や〝I〟など同じ音を表していると思しき外国の文字が書かれている。

「これがあるふぁべっとだよ。身振り手振りでどうにもならないときのために、用意している異人館の遊女も多いんだ」

　潮騒が伊佐に渡した紙面を、粟菱が横から指さした。

「日本人の名もこのあるふぁべっとで表すことができる」

　粟菱は五十音図を伊佐から受け取ると、懐から矢立を取り出し、目を剝く潮騒をよそに五十音図の端の余白に勝手に筆を走らせた。

「浅見屋久作をあるふぁべっとで表すと〝ASAMIYA　KYUSAKU〟となる。これを並び替えればよい」

　慣れた様子で粟菱がさらに〝SUKAYA　YUKIMASA〟と墨の文字を書き並べた。

「スカヤユキマサ」

できた文字列を、メイソンが椅子の上から見下ろして読み上げた。

「諍いで手を駄目にされたうえに破門になったのなら、幸正とやらは繁蔵を恨んでいたのではないか」

認めたくはないが、十分にあり得る話だ。

木場で再会し、慶庵をしていると打ち明けられたとき、幸正は重いものは持てないと言っていた。ところがその後に、壁から落ちた大鋸を平然と拾い上げる様子を伊佐は目にしている。日本人町の住まいを荒らされたときも、茶簞笥を難なく持ち上げて退かしていた。

おそらく幸正が繁蔵との諍いで負った傷は、とっくに治っている。

にもかかわらず、彼は新たな生業に木挽きではなく、畑違いの慶庵を選んだ。それは木挽き職人への道を阻んだ繁蔵を深く憎んでいたからではないか。

「潮騒さんが父に、鑑札を盗んだかもしれない商人の人相と名を伝えたことで、父は幸正さんが浅見屋久作と名を偽っていることに気づいた。そして手紙を書き、それを二重底の木箱を作って隠した」

伊佐は粟菱に、木箱と格子の石ころを揃えて渡した。

「形といい、大きさといい、心中箱のようだ」

石ころを底に当てて二重底を外しながら粟菱が洩らすと、潮騒が「アタシも先からそう思っていたんだよ」と横槍《よこやり》を入れた。

「お伊佐とメイソン大尉殿の心中箱はないのかい」

潮騒が粟菱の持っている箱を煙管で指した。

「あたしはまじないを信じていません。まじないの箱なんてなくとも、あたしは十分にメイさんに想っていただいてますから」

「さすが〝遊女殺し〟に動じないだけのことはあるねえ。大尉殿が本国へ戻られる別れの日にも、そうやって気丈に見送ってみせちまうんだろうね」

「――え」

のど元で息がつかえた。

メイソンは英国海軍の将校だ。いずれは日本での任を解かれ、本国へ帰還することになる。

いや、目を背けたくなるのは、メイソンの事情ばかりではない。

繁蔵の無念を晴らし名誉を守るという目的を成し遂げたとき、伊佐は岩動屋を守るために深川へ戻らねばならない。

そのとき、この横浜で息づき育まれた二人の絆は、あっけなく終わる。

最初からわかっていたことだ。

わかっていて、ここまで手を取り合い走ってきたはずじゃないか。

遠ざかる軍艦を桟橋から見送るとき、自分は一体、どんな顔をしているだろうか。

「イサ……?」

隣に座るメイソンが黙り込んだ伊佐の顔を覗いてから、険しい顔つきで潮騒を睨んだ。

「……水を差しちまったみたいだね、堪忍だよ」

えくぼを浮かべた潮騒の苦い顔が、メイソンの視線から逃げるように煙管を咥えた。

粟菱が手紙の束を返してきた。伊佐は受け取り、呼吸を整えながらゆっくり折り畳んだ。

今向き合うべきは、いつ訪れるとも知れぬ別れの朝ではない。

折った手紙を撫でながら、伊佐は金箱強奪騒動の場に残された大鋸を想像した。

「粟菱様が並木屋さんを訪ねたとき、並木屋さんは『業物のごとき格別に切れ味の良い一本を至急頼むと岩動屋から注文があった。一昨日の朝に受け取りにきたのも岩動屋だった』とおっしゃったのでしたね」

「左様」

粟菱は頷いた。

繁蔵は根っからの職人気質《かたぎ》で、人付き合いが不得手だった。だから木挽きの道具や木材の買い付けなどは、伊佐や信頼のおける弟子たちに任せることが多かった。

「並木屋さんの言う〝岩動屋〟は、父本人を指していたわけではなかったのかもしれません」

顔を上げて呟くと、潮騒とメイソンも伊佐に顔を向けた。

「父は幸正さんの破門を周りに伝えられなかったと手紙に記しています。だとすれば、並木屋さんは幸正さんが今も父の弟子だと思っているはず。つまり、幸正さんが岩動屋を名乗って大鋸を買ったとしても、怪しむ余地はなかったということです」

「大鋸で娘の首を斬ったのは、須賀屋幸正だというのか」

「道具を用意したのは幸正さんでしょうが、凶器として扱ったのは、おそらく別の何者か……もしかしたら、バーキット大佐殿かもしれません」

「どうしてそこで大佐殿が出てくるんだい」

潮騒が語気を強めた。

「役人が現れる前に早々と娘の首を斬り落として持ち去るなんて、道具を扱い慣れた木挽き職人にしかできぬ業だと、深川で粟菱様は言いました。けれど、大柄で力も強い異人の殿方ならば、難なくやりこなしても不思議ではありません。大佐殿ほどの大きな方であれば造作もないでしょう」

騒動の場は英国公使館が置かれている東禅寺に近かった。英国人のバーキットならば、姿を見られたとしても怪しまれることがない。

「幸正さんは大佐殿のお住まいに招かれて共にお酒を呑むほど昵懇の間柄だったと、海桜亭での会食のあとに幸正さんが言っていました。手を結ぶこともあり得ましょう」

幸正には、繁蔵に恨みを晴らすという目的があった。

では、バーキットの方はどうか。

「おそらく、大佐殿は騒動の直前に、黄金色の友禅染に赤紅の裏模様という派手な打掛を買ったのでしょう。これは強盗騒動で亡くなった娘の装いと同じものと思われます。わざわざ手間をかけてこんな派手な打掛を探し回っていたのは、あからさまなまでに目立つ〝的〟を騒動の場に用意しなければならなかったからではないでしょうか」

「娘が撃たれたのは偶然ではなかったということか」

前のめりになる粟菱に、伊佐は頷きを返した。

秩父八左衛門が短銃の扱いに慣れていなかったのなら、騒乱の最中に派手で目立つものに目を奪われ、それを誤って撃ってしまうこともありうるだろう。太鼓橋で伊佐が撃たれたのも、綿羊娘らしい豪奢な装いだったために的になってしまったと言われたばかりだ。

「運任せで弾を呼び寄せるなど、賭けにも程があろう。派手で目立つ装いの者が同じ場所にいたら、成り立たなくなる」

「そのとおりです。流れ弾はあくまで囮《おとり》。本当の狙いは、娘が流れ弾のせいで亡くなったと調べ役に思い込ませることだった。娘は鉄砲八の流れ弾ではなく別の銃——銃の扱いに慣れたバーキット大佐殿によって撃ち抜かれたのではないでしょうか」

「そのあとで、バーキットは娘の首を斬って持ち去った、と」

伊佐は頷きを返したが、確証は何もない。なぜ娘の首は斬り落とされ、持ち去られなければならなかったのだろうか。

そしてもう一つ、気掛かりな人物がいる。二年前までバーキットの綿羊娘だったという鏡。喧嘩別れしてしまったという彼女は今、どこで何をしているのだろう。

煙草盆の先に目を遣った。伊佐とメイソンに憚《はばか》ることなく心中箱はあるかと問うた女が、えくぼを浮かべて煙を吸っている。

鏡は独自の心中箱をばら撒いていたと、里は芝浦で言っていた。

十字の形の烏文字が書かれた誓紙を思い浮かべる。鏡が作ったという誓紙だ。

——これっぽっちの小さな箱で、こんな魂のこもらないちっぽけな欠片なんかで、どうにかなるはずもないじゃないの。

里は鏡に、そう洩らしたのだと明かした。

もし自分がその切なる想いをぶつけられたなら、一体どうするだろう。

箱が小さいというのならば、もっと大きな箱を用意すればいい。

欠片では魂が込められていないというのならば、命を賭して魂を込めればいい。

もしかすると、そんなふうに考えたのではあるまいか。

浮かんできたのは、一つの壮大な企てだった。

果てしなく滑稽で、限りなく困難な企てだ。だが、もし喧嘩別れしたはずの鏡とバーキットがそのあとも繋がっていて、この企てを目論んだのだとしたら、伊佐の頭の中に散らばっていた断片が、すべて一つに繋がるのだ。

「嵐が過ぎれば、真相を明らかにできるかもしれません」

三人に向かって、伊佐は毅然と表情を引き締めた。

「あたしの推論のとおりならば、雨脚が弱まって遊廓島の箱の蓋が再び開かれるまでの間に、一連の騒動——金箱強盗、遊女殺し、そして父の死のすべてに与した者たちが、必ず集うはずです」


鈍色の空が割れ、朝靄を払うように光が差し込んだ。

丸三日続いた風雷は息を潜め、雨粒は痩せて糸より細くなった。程なくしてお天道様も顔を覗かせるだろう。

二人の男が、それぞれに革の唐櫃を持ち、大門の前で向かい合っている。分厚い扉の向こうの足音や話し声に耳を傾けるように押し黙っていたが、やがて熊のように大柄な方の男が足元のぬかるみに両膝を浸すようにして腰を落とした。

もう一人の男は熊男を一瞥すると、自分の唐櫃から大鋸を取り出した。項垂れた熊男に近づき、濃紺の襟から覗く首に向かって、大鋸を両手で持ち上げた。

「待って！」

伊佐は走りながら二人の男――バーキットと幸正に向かって声を張り上げた。

幸正が煩わしそうに振り返った。

「お伊佐さん、なぜここに」

「すべてを明らかにするためです。父を殺めたのは幸正さん、あなただったのですね」

バーキットは立ち上がろうともせずに、力の抜けた顔を伊佐に向けた。

伊佐　其の七

「閉じ込められてすることもねえからって、調べ役の真似事か」

からかう調子の幸正に、伊佐は凄《すご》みを利かせた声を返した。

「金箱強奪騒動の場に残された父を下手人と示す証。ここにいる調べ役の粟菱様はそれを三つ挙げられました」

町人ふうの装いをした粟菱に首を傾げる幸正に向かって、伊佐は大鋸を指さした。

「まず、娘の首を落とした大鋸が父のものであったという証。凶器の大鋸は幸正さん、あなたが用意したものだった。あなたは岩動屋を名乗って並木屋さんから大鋸を買うことで、父に嫌疑がかかるように仕向けたのです」

伊佐は懐から折り畳まれた和紙を取り出した。

「これは父が三津田屋で乱闘騒ぎが起こる寸前に潮騒さんに託した手紙です。幸正さん、あなたのことがたくさん書かれていましたよ」

手紙を広げる。幸正が吸いつくように墨の文字に目を向けた。

「手紙によれば、父は幸正さんの破門を周りに伝えていなかった。つまり並木屋さんは幸正さんを岩動屋の身内の者だと思っていた。だから父の代わりに幸正さんが大鋸を買いにきても、疑うことがなかったのです」

「おいおい、本当に殺めてやろうと思ったら、店もつてもある横浜で異人から銃と弾薬を手に入れるさ。面の割れた問屋で大鋸を買うなんて足が付くマネはしねえよ」

「いいえ、凶器は並木屋さんから買わねばならなかったのです。父に強盗騒動の濡れ衣を着せるために」

ハン、と幸正が鼻を鳴らした。

「何を言い出すかと思えば。実の父親のように慕っていた親父殿だぞ。おれが怪しいなら、岩動屋のほかの弟子どもだって同じだろう」

「お弟子さん方は騒動の日には全員が深川に揃っていました。岩動屋として並木屋さんから大鋸を買い、かつ品川宿で父と会食ができたのは、幸正さん、あなただけです」

手紙の束を捲り、文面に目を這わせながら続ける。

「騒動のあった五月九日、幸正さんは父と三津田屋で会っていた。そうですね、潮騒さん」

「お伊佐の言うとおりだ。確かにここにいる浅見屋久作様は岩動屋繁蔵様の会食のお相手だった。その薄い眉、忘れもしない」

潮騒は蛇の日傘を回しながら幸正に向かって口を尖らせた。

伊佐は手紙の束をメイソンに渡すと、続けて潮騒から借りた五十音図を幸正に向けて掲げた。

「浅見屋久作をあるふぁべっとで表すと〝ASAMIYA　KYUSAKU〟となります。これを並び替えると〝SUKAYA　YUKIMASA〟……須賀屋幸正となるのです」

「戯けたことを。親父殿に名を偽る意味がどこにある」

「あなたが名を偽ったのは、父を欺くためではなく、宿帳に本当の名前を残さないためです。乱闘のあとで調べ役に宿帳を検められたときのために……」

「それじゃあ、まるでおれが乱闘が起きるのを知っていたみてえな言い草じゃねえか」

半笑いの幸正に、伊佐は重々しく頷き返した。

「浪士団の強盗騒動の企てを知っていたあなたは、あえて会食の場に三津田屋を選んだ。濡れ衣を着せるには父が乱闘の場に居合わせねばなりませんから」

「だが、親父殿は乱闘のどさくさで宿から逃げおおせている。そして二日後の五月十一日に、苫舟で船饅頭と情死したってわけだ」

得意顔で反論する幸正に、伊佐が毅然と返す。

「いいえ。父が死んだのは苫舟の中ではありません。三津田屋ですでに死んでいたのです」

伊佐は指の形に汗の染みが広がった五十音図を畳み、一同の強張った面持ちを眺めた。

殺められたとき、繁蔵はきっと苦しんで声を上げただろう。だが、それは酒宴の騒ぎ声に掻き消され、幸正以外の耳には届かなかったに違いない。

「おそらく父を殺める方法は何でもよかった。最後に骸を焼いてしまえば、証拠は残らない。三津田屋で父を殺めてから苫舟で骸が見つかるまでは二日ありますから、骸の変化などをごまかすのにも都合が良い」

「おれが親父殿の骸をわざわざ大川まで運んだって言いてえのか」

「あなたが、小僧さん方が荷を運ぶのを手伝うと申し出ても頑なに断ったのは、大ぶりな見た目に反してひどく軽いことを怪しまれたくなかったからです。荷の中は空だったのでしょう、父の骸を詰めるために……」

「ばからしい、ありえない」

「ばからしくなんかありませんっ」

今にもおどけだしそうな様子の幸正に、伊佐は負けじと声を張る。

「父を殺め、荷に骸を詰め終えたあなたは、外国御用出役が追いつくのを待った。やがて、追いついて隣の座敷で乱闘が始まると、自分のいる座敷に火を放ち、骸入りで重くなった荷を担いで宿から逃げた」

古い建物を繕う余裕のない宿が、畳をすべて新しく張り替えるほどの火事だ。父を殺めた際に座敷に血が飛び散ったとしても、燃やせば証は消し去ることができる。

「夜舟に金を払えば高輪の大木戸を通らずに川を使って江戸に骸を運ぶことができます。ひっそり深川に戻ったあなたはそこで父の両手の指を残らず潰すと、苫舟を一艘拝借し、父の骸を苫屋根に隠れる位置に横たえた」

繁蔵の骸の両手は指がすべて平らになるまで潰れていた。火に焼かれただけならば潰れるより先に炭になって崩れ落ちているはずである。

「指を潰したのは、職人の魂である手指を痛めつけることで、父の名誉を傷つけ貶《おとし》めるため。そして、強盗騒動の場で見つかった金子借用手形の血判が父のものではないとバレないようにするため」

「金子借用手形か！」

栗菱が目を光らせ、懐から血の痕の付いた手形を取り出した。掲げられたそれを、伊佐は幸正に向かって示した。

「この手形は幸正さんが父の筆を装って認め血判を押した偽物です。長く父の一番弟子だった幸正さんなら、父の筆を真似ることなど造作もないでしょう。しかしながら、父が一年前の晩春から右手の親指に大きなマメを抱えていたことを、二年前に岩動屋を去ったあなたはご存知なかったようですね」

血判は右手の親指で押すと決まっている。マメがあっては綺麗な血判を押すことはできない。

「あなたは三津田屋で父と顔を合わせたときに、初めて父の手にできたマメに気がついた。けれど、どうせ手指は潰してしまうのだからと、慌てることはなかった」

日頃の繁蔵を知らない役人なら、繁蔵の右手の親指にマメがあることなど知るはずもないだろう。だが――。

「奉行所の役人に見つけさせるはずの手形は栗菱様が拾い、こともあろうにあたしのところへ持ってきてしまった」

手形越しに栗菱と幸正が睨み合う。

伊佐は栗菱に顔を向けた。

「栗菱様、あなたは調べ役ではなく、謹皇の志士として騒動の場に出向いた。浪士の仲間を通じて金箱強奪の企てを知っていたのですね」

濡れた手形が、粟菱の身体の脇までゆっくりと下げられた。

「いかにも。拙者は神奈川奉行所の調べ役ではない。いつ勘付いたのだ」

「役羽織を見たときです。本当のお役人様なら、見事に染め上げた藍色ではなく、漆黒のものを羽織っておられるはず。それに、調べ役が町娘、しかも下手人の娘にあっさり騒動のあらましを明かすなんて、あり得ませんから」

「見破られていたとは……」

粟菱の険しい表情が笠の陰に隠れた。

笠に落ちた雨水が縁から流れ落ちる。やがて、粟菱は笠を押し上げ、燃える眼差しを伊佐に向けた。

「拙者には異人の近く、ことに横浜で、奉行所の幕吏が用心を一層強めてしまいかねない騒ぎを、防がねばならぬ事情があった。夜が最も長くなる日に我らが火をくべるまで無闇な天誅は控えよと、逸る鉄砲八を宥めるつもりで騒動の場に出向いた。だが拙者が駆けつけたときには時すでに遅し、首のない娘の骸と大鋸、そして金子借用手形が転がっていただけだった」

「なぜ手形を持ち去ったのですか」

「岩動屋繁蔵の名に憶えはなかったが、騒動の場に落ちていたのだから尊王攘夷の同志のものだろうと思ったのだ。そこで、なぜ凶行に及んだのか、その真意を問いただそうと思い、深川まで向かった次第だ」

「けれど、父は深川に戻っていなかったばかりか、骸になって見つかった。さらなる深追いは本物の調べ役の目に留まりかねないと、あなたはやむなく身を引いた」

「そのとおりだ」

粟菱は手形を懐にしまいながら、伊佐に向かって重々しく頷いた。

二人のやりとりを黙って聞いていた幸正が、はあ、と聞こえよがしに息を吐いた。

「そもそも、親父殿の乗っていた苫舟には船饅頭もいたはずだ。女の骸は見つかってねえそうだが、これはどう説明するんだよ」

「船饅頭の骸は見つかるはずありません。父と情死しようとした船饅頭なんて、初めからいなかったのですから」

伊佐は黒い鑑札を取り出し、幸正に突きつけた。

「父の骸が持っていたこの鑑札は、あなたが潮騒さんから盗んだものです。あなたはこの鑑札を火焔で炭にならないように水に浸してから、骸の懐に忍ばせたのです」

「どうりで宿中探しても見つからないわけだよ、この盗人《ぬすっと》がっ」

潮騒は目を剝き、幸正を睨みつけた。

「あなたはこれを使って父と船饅頭が苫舟に乗っていたように見せかけようと目論んだ。女物の着物の裾を苫屋根から外にはみ出させて、女が屋根の下にいるように見せた。それから苫舟を大川に流し、河岸蔵から舟を炎上させたのでしょう」

「だが、河岸蔵から川に浮かぶ舟にどうやって火をつけたってんだ」

「横浜で異人の方から銃でも買い付けたのでしょう。あらかじめ骸に油をまいておき、その近くに提灯や行燈など火の元になるものを置いておけば、銃で撃って火の元を倒すだけで舟を燃やせますから」

「銃なんてぶっ放してでけえ音が鳴ったら、たちまち気づかれちまうだろう」

幸正が食い下がる。

「そんなことはありません。深川の人々にとってズドンは日常茶飯事ですから」

「……越中島の調練場か」

粟菱が呟いた。

「ええ。深川の人々は砲術調練の揺れと砲声に慣れています。あの日も砲術の調練があるとお触れがありました。二年前まで木場にいた幸正さんは、多少ズドンと聞こえたところで誰も気に留めないことを当然ご存知だったはずです」

「解せぬな。おぬしの推論のとおりだとして、こやつはなぜこれほど手のかかることを……」

粟菱は腕を組んで幸正を睨んだ。

「父の名誉を傷つけ、そしてあたしを自分の物にするため……ではないですか」

幸正は黙ったままだった。

伊佐はメイソンから再び手紙の束を受け取り、続ける。

「この手紙には、あなたが父にあたしとの縁組みを望んだわけまでは書かれていません。もしあなたの狙いが岩動屋の跡目だったなら、父を失って気落ちしているあたしに共に岩動屋を守ろうと申し出たほうが、手っ取り早く望みを叶えられたはず。そうしなかったのは、今もなお父を憎み、父の宝であったあたしに執着しているからではないですか」

幸正はなおも答えない。伊佐を見つめ、全身を雨でぐっしょり濡らして佇んでいる。

「父は潮騒さんの話を聞いて、鑑札を盗んだ浅見屋久作があなただと気づいた。同時に、あなたが自分に仇なそうとしていること、そして何かを企んでいることに勘付いた。だから父は万一自分に何かあったとき、あとであたしが三津田屋や潮騒さんのもとへやってくることを見越し、箱と石を用意したのです」

伊佐は格子の石ころを掌に乗せて一同に見せてから、預けていた木箱をメイソンから受け取り、底を外して見せた。

「父は箱を開くための鍵となる石ころを、わざと石灯籠の中に隠し置いた。宿の人たちや客が見てもただの砂利か何かだろうと素通りするでしょうが、〝石ころ屋〟のあたしならば面妖な石と見るなり、手に取るに違いないと考えたのでしょう」

潮騒が見たという庭の石灯籠を覗き込む繁蔵の姿は、箱の鍵となる石ころを置いているときのものだったのだろう。

幸正はじっと足元を見つめていた。やがて、

「……おれはどこでヘマをしたんだ」と、小さく零した。

「長屋で壁から落ちた大鋸を拾い上げたときです。あれは重いものを持てなくなったはずのあなたに持ち上げられる物ではありませんから」

今も一貫二斤の重さの大鋸を持っていることからも、幸正の手が治っていることは明らかだ。

「そうか。最初から疑われてたんだな。くそっ……」

「幸正さんが戻ってきたあの日に一度も落ちたことのない大鋸が壁から落ちたのは、あなたに気をつけよという父からの忠告だったのかもしれませんね」

ふう、と幸正は肩の力を抜き、両腕をだらりと垂らして大鋸を落とした。

「目にものみせてやりたかった。あの親父は、おれをばかにしやがったから」

幸正は鈍色の空を仰いで雨粒を顔に受けると、ぽつりぽつりと言葉を吐き出した――。

「親方、お伊佐さんをおれにくれねえか」

汗を飛ばしながら丸太にあてがった大鋸を引く繁蔵の背に、幸正は声を張った。

木に鋸刃が食い込む音が止まる。半分だけ振り返った繁蔵の顔は、いまだかつて見たことがないほど鋭く荒々しかった。

ごくり、とのどを鳴らして気まずい沈黙を耐え忍ぶ。しばらくして、繁蔵は何事もなかったように丸太に向き直った。

「親方」

「それはできん」

雷に打たれたように、頭から爪先まで痺れたようになった。

自分はどの弟子よりも繁蔵に頼りにされてきただけでなく、伊佐にも気に入られており、申し分ない縁組みの相手であると自負していた。

それなのに、まさか、断られるだなんて……。

「大切な一人娘の相手に慎重になるのはわかります。でも、お伊佐さんはもう十六だ。いつまでも淋しいからと親元に囲って娘盛りが過ぎちゃいけねえ。どうか一つ、おれを信じて親方の宝を託しちゃくれませんか。このとおりだっ」

幸正は繁蔵の正面に回り込むと、地べたに額をつけて懇願した。

木屑が目の前に降り積もる。丸太が削られる小気味よい音に乗って、蟻《あり》が木屑を運んでいる。黒い塊が鼻の頭すれすれを横切って見えなくなっても、幸正は頭を上げられなかった。

「少なくとも、おめえにゃ、やらん」

突き放すように、繁蔵はそれだけ吐き捨てた。

幸正は堪《たま》らず繁蔵に駆け寄り、腕に縋りついた。

「そんな、ここまであんたに付いてきたってのに、そりゃねえでしょう。ほかに誰がいるってんですか、ねえ、親方っ」

「仕事の邪魔だ！」

繁蔵が声を荒らげ、腕を大きく振って幸正を追い払った。

繁蔵の肘が肩にぶつかり、そのはずみで幸正は壁際の丸太の山に突っ込んだ。起き上がろうと床に手をついた拍子に上から丸太が転がり落ちてきて、手の甲が下敷きになった。めきり、と取り返しのつかないような音が幸正の耳朶を打った。

「ぎゃああっ」

ありったけの声で叫んだ。当て擦りにわざと情けない声を絞り出し、張り上げた。

すぐにほかの弟子たちが飛んできて、丸太を退かしてくれた。

だが、繁蔵だけは終始無言だった。眉一つ動かさず、大鋸から手を離そうともせずに、悶《もだ》える幸正に目だけをじっと向けていた。身を案じる言葉すらも、ついぞかけられることはなかった――。

「……それで父に恨みを抱いたと」

　声を震わせる伊佐に、幸正は頷いた。

「殺めるだけじゃ済まさねえ。あいつには、とことん恥をかかせてやろうと決めた。実直で真面目な職人の顔は嘘っぱちで、本当は若い娘の首を斬って殺した外道であり、挙げ句、船饅頭に溺れる憐れなじじいだったんだと、周りに知らしめてやるんだ。そうして、あいつが積み上げてきたものを何もかも壊してやってから、仕上げにあいつの一番大切なお伊佐さん――あんたを奪ってやろうと思った」

　幸正は長い息を吐くと、溜飲《りゅういん》が下がったとでも言いたげに、首を手で揉み始めた。悪人は善人よりも優しい顔をしているのが世の常なのだと、彼に言われたことを思い出した。

　伊佐は繁蔵の手紙を広げ、幸正に向けて差し出した。

「やめてくれ、そんなもの見たくもねえ。あいつがあんたを嫁にもらおうとしたおれのこと、憎んでいたのはわかってる」

「いいえ」

　伊佐は幸正に詰め寄って、手紙を胸に押しつけた。

「読んでください。最後まで、きちんと」

　幸正はぎこちなく受け取り、紙面に目を這わせた。

　繁蔵から幸正への、言葉で伝えられなかった思い。きっと繁蔵も幸正に伝えてほしくて自分に託したのだと、伊佐は固く信じていた。

「そこに記されているとおり、父はあなたのことを憎んではいませんでした。父は迫りくる殺意を察知しながらも、決してあなたを責めようとはしなかったのですよ」

最期まで人に不器用だった木挽き職人の、せめてもの償いだったのかもしれない。

手紙に目を走らせる幸正の表情が崩れていく。

「親父殿、そんなあ……」

幸正の手の中で手紙がぐしゃりとひしゃげた。

「何だってんだよ。呼び戻すだの、嫁がせるだの。今さら遅えだろうが。なんつう口下手なじじいなんだ、ちくしょう、ちくしょう」

幸正は足元のぬかるみに膝から崩れ落ちた。

「ちくしょう、ちくしょうちくしょうちくしょう……」

咽びながら、幸正が手紙を握った拳を泥に繰り返し叩きつける。拳が沈むたびに和紙の束が淀んだ水を吸い上げ、盛りを過ぎた花のように萎んだ。

「これが、おぬしが明らかにしようとしていたすべてか?」

粟菱が伊佐に訊ねた。

「いえ、まだわからないことがあるのです」

伊佐が首を横に振ると、一同は揃って顔を強張らせた。

「騒動で亡くなった娘の首は、なぜ斬られ、どこへ持ち去られたのでしょう」

一同が、はっとした様子で伊佐を見た。

「そのことを明らかにするには、もう一人の下手人の名を挙げねばなりません。その者は娘を殺めることではなく、娘の首そのものを欲していた。そうですね、バーキット大佐殿」

それまで沈黙を守っていたバーキットが、のっそりと顔を上げて伊佐を見た。

海桜亭で見た勇ましい風格は失われ、顔中の筋肉が弛《ゆる》んだようになっている。

「お荷物を見せていただけますか」

伊佐はバーキットの傍らにある革の唐櫃を指さした。

「大佐殿！」

返事はない。メイソンが前へ出て、代わりに唐櫃に手をかけた。

パチンと留め金が外れ、蓋が跳ねるように開く。

「ぬうっ」

一同の呻き声が重なった。

唐櫃には蓋のない桶が一つ入っており、そこに塩漬けにされた娘の生首が鎮座していた。

「ああ、なんと痛ましい……」

粟菱が顔を歪めた。

「騒動の場で首を斬られ、亡くなった娘さんですね」

伊佐が震える声で問うと、粟菱は厳かに頷いた。

「間違いない。麻布の素金の次女、お鏡だ」

一同の目を奪う鏡の首は、今にも目を覚まして欠伸《あくび》をしそうなほど安らかな表情をしていた。わずかに乱れた結い髪の後ろの方には、太い棘のある茎がかんざしのように挿されている。花弁はすべて散って、残っていない。

「幸正さんと大佐殿は共にお酒を呑まれるほど懇意の間柄だった。酒席を重ねるうちに、幸正さんは父を貶めてあたしを手に入れる謀《はかりごと》を、大佐殿はお鏡さんと密かに企てていた謀を、互いに明かし合い、手を結ぶことを決めたのでしょう」

噴き出す汗で襦袢を湿らせながら伊佐は言葉を絞り出した。

「特に幸正さんの謀には異人の力添えが不可欠でしたから、大佐殿こそまさしく適任だったのでしょう。お鏡さんが素金の娘であったことも、借金というもっともらしい汚名を父に着せられるとあって都合が良かった」

「なんで異人の力添えが要るんだよ」

幸正が吐き捨てた。

「理由は二つ。第一には、横浜へ呼び寄せたあたしを、あなたの妻にするためです」

横浜にやってきた伊佐を自然な流れで幸正へ嫁がせるには、立て続けに妾の周旋を断られて行き場を失い、慶庵にもらわれたという〝物語〟がなければならなかった。

「しかし、江戸娘の周旋が断られることは稀《まれ》です。だからあなたは断りの返事をするようにあらかじめ大佐殿と口を合わせた。そして海桜亭で椅子の脚に細工をしてあたしを転ばせ、粗相をさせて破談もやむなしと思われるような事情を作り出した」

伊佐が綿羊娘になっても夫に身体を許さないと言ったとき、幸正は当惑というよりも安堵した様子だった。褥《しとね》を共にしないと伊佐が頑なに言い張っていてくれれば、自然と貰い手がなくなると考えていたのかもしれない。

「見込み違いだったのは、あなたの〝物語〟を心得ていた大佐殿が、メイさんを同席させたことでしょう」

〝遊女殺し〟として悪名高いメイソンならば伊佐もたじろぐだろうし、女の方から飛びつくほどの二枚目がことさら美人というわけでもない伊佐をあえて選ぶはずがない。だから幸正の望みどおりに、伊佐が周旋を断られた件数を水増しできるだろう。そうバーキットは思ったに違いない。

「ところが、メイさんはあたしを見初めてしまった」

まさか石ころで繋がり、惹かれ合うだなんて、幸正もバーキットも愕然としたことだろう。

本人たちでさえ、予想だにしていなかったのだから。

「第二には、強盗騒動の場で怪しまれずに動き回れる者がいなければならなかったからです。大佐殿は騒動の場で、黄金色の友禅染に赤紅の裏模様という極彩《ごくさい》の〝的〟を纏ったお鏡さんを自らの銃で撃ち抜いた。それから、幸正さんの偽造した手形を落とし、大鋸で彼女の首を斬り落として持ち去った」

「なんで大佐殿がこのお鏡とかいう娘を撃ち殺すのさ。恨みでもあったのかい」

「いいえ。お鏡さんは自らの意志で大佐殿の弾を受け、死んだのです。自分の首を大佐殿に持ち去らせるために」

目を閉じると、会ったことのないはずの鏡の姿が浮かんでくる。浪士団と外国御用出役、金箱を運ぶ行列の衆、逃げ惑う見物客らが入り乱れた林道で、両手を広げ、黄金の横浜模様を陽の光に煌めかせて呵《わら》っている姿だ。

「解せないね。お伊佐の話のとおりなら、お鏡と大佐殿は強盗騒動をあらかじめ知っていたみたいじゃないか」

首を傾げながら潮騒が言う。

「ええ。そうですよね、粟菱様」

伊佐につられて、一同が一斉に粟菱を向く。

「あなたがお鏡さんに金箱強奪の企てをお話しになったのでしょう。少なくとも、お鏡さんとは予《かね》てご昵懇《じっこん》の間柄だった。でなければ、首を失った骸だけを見て、それが〝麻布の素金の娘〟だと直ちに分かるはずがありません」

粟菱は腕を組むと、鏡の生首を見下ろした。

「お鏡は間者だった。万延元年の頃、江戸で易者のふりをして心中箱を配っていたお鏡に拙者が声をかけ、綿羊娘に扮して異人から攘夷に繋がる内情を引き出す任を与えたのだ」

「あなたが騒動の場に出向いたのは、同志を宥めようとしていただけでなく、お鏡さんの身も案じていたからなのですね」

「そうだ」

ゆっくりと粟菱は頷き、続けた。

「お鏡には、危ないから金箱の行列に近づくなとの忠告のつもりで鉄砲八の企てを伝えた。だが、拙者が駆けつけたとき、お鏡は既に首から上を失っていた。お鏡とバーキットの謀とやらを、拙者は見抜くことができなかったのだ」

「そもそも、お鏡とバーキット大佐殿の謀って、一体何なんだい」

潮騒が地団駄を踏むように身体を揺らし、伊佐に強く問うた。

「それは……」

胸に手を当てて息を整えてから、伊佐はゆっくりと言葉を紡いだ。

「お鏡さんとバーキット大佐殿は心中立てをなさるおつもりだったのです」

「まあ！」

潮騒は頓狂な声を上げて、口元を両手で覆った。

「言うまでもなく、心中立ては相対死ではなく、とこしえに愛を誓い合うまじないのことです。お鏡さんは心中箱と心中立ての独自の作法を作って広めた張本人だった。彼女はその作法に則り、バーキット大佐殿と命を賭して心中立てを成し遂げようとしたのです」

「では、肝心の心中箱はどこに」

「心中箱は、ここにあります」

伊佐は人差し指を立て、それを地面に向けた。

「お鏡さんと大佐殿は、この沼に浮かぶ遊廓島そのものを、心中箱に見立てたのです！」

「……なんだって」

潮騒と栗菱が高い声で唸った。

「お鏡さんは手製の誓紙で鳥文字を耶蘇教の十字の形にしていたそうですね。誓紙は折り畳まずに箱の底に敷いていたとも。彼女は遊廓島を空から見下ろしたときに、この十字の四つの端にあたる場所を、血で染め上げるべき鳥の〝目〟とみなしたのです。鳥の目の場所がどこか、おわかりになりますか」

伊佐の問いかけに、潮騒が口を開いた。

「大門を南に見たとして、東の〝目〟は蕎麦屋の三河屋、北の〝目〟は金刀比羅社、西の〝目〟は岩亀楼の異人館……いずれも〝遊女殺し〟の祟りで遊女が亡くなった場所じゃないか！」

「正解です、潮騒さん。お鏡さんと大佐殿は、鳥の目に当たる場所を三人の遊女の血で染め上げたのです。お鏡さんと大佐殿が企てた壮大な心中立ては、成し遂げるために長い歳月を要するものだった。廓の心中箱が完成する前に役人に勘繰られたり、せっかく染めた血が洗い流されてはならない。だから二人は遊女の不審な死を祟りに見せかけることにした。そこで目を付けたのが、メイさんだったのです」

生首の前で腰を落としたままのメイソンがこちらを見上げた。

「メイさんが〝遊女殺し〟に選ばれたのは、大佐殿が動きを把握できる彼の部下の立場にあったため。そして、海軍士官の仕事に執着がないから、たとえ悪い噂がその後の昇進に響いても本人が強い不満を抱えるようなことはないと考えられたためです」

伊佐は表情を失っているバーキットに目を向けた。

「あなたがたは〝遊女殺し〟の三つの凶行を、メイさんが下手人になりえない時と場所を選んで行った。本当にメイさんが下手人にされては外交関係の縺《もつ》れに繋がり心中立てどころではなくなる。そうならないためには、立て続く不可思議な死を祟りという曖昧なもののせいにしておかねばならなかった」

「初めの殺しは二年前だ。なぜ心中立てに二年もかけたのだ」

粟菱が足元の泥を足駄の銀杏歯で掻いた。

「二年の歳月をかけたのは、心中箱の蓋を閉じることができるときを窺っていたからです。先月、錦江湾であった薩州と英国の戦いがまさにそのきっかけとなりました」

伊佐が言葉を切ると、粟菱が大門の先を見透かすように顔を上げながら口を開いた。

「なるほど。先の戦で英国海軍のあむすとろんぐ砲は暴発や不発を繰り返し、ひどく難のある武器であることが明らかになった。横浜に帰還してもそれらの欠陥がただちに解消されるはずもなく、たとえ暴発騒動を起こして遊廓島の橋を落としたとして、不運な偶然とみなされるだろうな」

「ええ。三日前の嵐がやってきた日、大佐殿は沖の艦上のあむすとろんぐ砲に、砲撃を橋に命中させるように仕掛けをし、そのあとでお鏡さんの頭を持って廓の中に入り〝暴発〟を待った」

初めて遊廓島に来た日、伊佐は大門の前の橋にバツ印が書かれた地図を拾った。あれは大砲を暴発させて橋を落とそうとするバーキットの企てが記されたものだったのだろう。

「そして四つの鳥の目をすべて血で染めるにあたり、その贄《にえ》に適した遊女、つまり殺しと疑われず、祟りによる不審な死という塩梅《あんばい》で血を流すことができる遊女が現れるのを待つのにも、二年がかかったのでしょう」

「でも、三人はどうして贄に選ばれたんだい」

潮騒が傘の柄を軋ませる。

「三人には、よく似たところがありました」

「似たところ？」

「はい。それは、少し唆かせば不運な死に追いやれるだけの隙があったことです」

「隙……」

一同の訝しむ表情を見回しながら、伊佐は続ける。

「初めに東の〝目〟の三河屋で亡くなった水月さんは、台所で蕎麦を口にしたことで病が発症し、床を転がるうちに落ちてきた包丁が首に刺さって亡くなりました」

伊佐は立ち尽くしたままの幸正に目を向けた。

「台の上の食べかけの蕎麦は、三河屋の誰も作った覚えがないものだったそうです。おそらく水月さんが三河屋に来たとき、台の上にあったのは彼女がよく注文していたという天ぷら丼だった。蕎麦は天ぷらになっていた魚の腹の中にでも入っていたのでしょう」

水月の口元に油らしきものが付いていたのは、天ぷらを食べたからだろう。

「水月さんが苦しみだした頃合いに下手人は台所へ現れ、大量の血を流させるために彼女の首を刺し、天ぷら丼を食べかけの蕎麦にすり替えて立ち去った。下手人はおそらく幸正さんでしょう。店の者に扮して三河屋に潜り込むのなら、お鏡さんや大佐殿では目立つでしょうから」

「食い物にありつける場所なら、三河屋よりもっと近くにもあるだろう」

幸正が伊佐から顔を逸らして泥に唾を吐いた。

「三河屋は岩亀楼が懇意にしている仕出し屋です。腹を空かしていた水月さんに三河屋の店の者に扮したあなたが近づき、天ぷら丼を作ったから姐《ねえ》さんに黙っておいでなどと唆したのではないですか」

伊佐は幸正から鏡の生首に目を移した。

「二人目の磯風さんの習慣は、あなたたちには都合が良かった。朝方に空が荒れていてかつ磯風さんが一人の日に、手水舎にいた彼女を突き飛ばして転ばせばいい。下手人はおそらくお鏡さん。同じように参拝に来た遊女を装えば、怪しまれることはなかったでしょうから」

伊佐が顔を少し上げ、固まっているバーキットを見た。

「三番目の小波さんは、大佐殿の息がかかった日本人の商人に身請けをちらつかされ、メイさんを客に取った。けれど、日本人館の花魁の自刃が記憶に新しかったことが後押しとなり、隠し持っていた小刀を己に突き立てた」

気がつけば、伊佐は捲し立てるように一息に話していた。

一度言葉を切り、深呼吸をして額の汗を拭う。

「歳月をかけて、東、北、西の〝目〟が血で染められた。残るは南の〝目〟である大門、この場所だけです」

足元を指さしながら見下ろす。雨水をたっぷり含んだ泥が打掛に飛びはね、裾模様の錦鯉たちを一色に塗り潰していた。

「こんな目立つ場所で須賀屋が大佐殿の首を斬ろうとしていたのは、南の〝目〟を大佐殿の血で染め上げようとしたからだってのかい」

「そうです。橋を落として遊廓島の蓋を閉じるには、沼が荒れて大門が再び開かれる心配のない嵐の中でなければならなかった。しかし、土砂降りでは血はたちまち洗い流されてしまう。だから雨脚が落ち着き、かつ大門がまだ開かれていないとき——つまり今この場所でしか、南の〝目〟を血で染め、魂の欠片を封じることはできないというわけです」

「じゃあ、その魂の欠片って、どこにあるんだい」

潮騒が腑に落ちない様子で訊ねる。

「目の前にあるではないですか。お鏡さんに続いて大佐殿も、これからご用意なさるところだったのですよ」

――これっぽっちの小さな箱で、こんな魂のこもらないちっぽけな欠片なんかで、どうにかなるはずもないじゃないの。

小さな箱と痛みも苦悩もなく手に入る欠片では事足りぬというのなら、もっと大きな箱に、もっと強い魂の欠片を封じて〝信実の愛〟を証明してみせようじゃないか。

鏡はそれを、自分の身を擲って成し遂げようとしたのだ。

伊佐はメイソンの隣に並んで屈み、鏡の首を真正面から見据えた。

「お鏡の選んだ、ちっぽけではない、他のどんな身体の一部よりも魂のこもった欠片。それが互いの首だったということか」

粟菱に伊佐は頷きを返した。

二人は死ぬために首を落としたのではない。〝信実の愛〟を証明するための道具に互いの首を選んだから、結局死ぬしかなかっただけなのだ。

「大佐殿は先に亡くなったお鏡さんの首を、大門が封じられて巨大な〝心中箱〟となった遊廓島の中に持ち込んだ。あとはご自分の首を落とすことで魂の欠片は箱に納められる。今まさにここで、心中立てが成立しようとしていたのです」

唐突に、バーキットが泥を殴った。跳ねた泥水をよけるようにメイソンが立ち上がり、伊佐の肩を抱いて二、三歩後ろへさがった。

バーキットは這って唐櫃の正面に回り込むと、安らかな寝顔に両手を伸ばし、頬に手を添えて掬い上げるように持ち上げた。

バーキットは耶蘇教の神を裏切ることになることも構わず、鏡の手を取った。鏡が願った命がけの心中立てで、〝信実の愛〟を世界に見せつけるために。

大好きな、一番に〝愛〟した妻のために。

「キョウ……」

大きな背中が震えだし、足元の濁った水面に波紋が広がった。

「キョウ、キョウ！　イクセイソウウノ、メオトボシ……」

バーキットは勢いよく顔を上げ、天に向かって咆《ほ》えた。そばに立っているだけで全身がびりびりと雷にうたれたように痺れた。

バーキットは左手で鏡を抱え、空いた右手を泥の中に沈んだ大鋸に伸ばした。

「ならぬ！」

粟菱が大鋸を踏みつけた。飛び散った泥がバーキットと鏡の首にかかる。

引き戻された右手は懐に向かい、黒い塊を引き出した。六連発拳銃をかちりと鳴らし、自らの太い首筋にあてがう。

咄嗟に耳を塞ぎ、力の限り目を瞑った。

落雷に聞き紛う轟音が雨を裂いた。

目を開くと、黒い筒先は天を向いていた。銃を握るバーキットの腕にメイソンが絡みつき、目を剝いている。粟菱も加わって二人がかりで拳銃を剝ぎ取り、長い腕が届かぬ先まで放り投げた。

鏡の結い髪から花弁のない茎のかんざしが抜け落ちた。バーキットは嗚咽を洩らしながら、鏡を包むようにして背中を丸めた。

「メイソンから離れな、お伊佐さん」

いつの間にか、幸正がバーキットの拳銃を拾いメイソンに向けていた。文字が溶けて読めなくなった手紙の束を、伊佐の足元のぬかるみに放り投げる。

「親父殿はあんたをおれにくれると言っている。だからお伊佐さん、あんたはおれと来るんだ。あんたが横浜くんだりまで来たのは親父殿の無念を晴らして名誉を守るためだろう。もう用は済んだんだ。とっとと遺言通りに祝言といこうぜ」

幸正は拳銃を握る手に力を込め、前に突き出した。

「大体、あんたが意地を張るのが悪いんだ。祟り男だって脅かしてんのに、ものともしねえで受け容れるやつがあるかよ。日本人町の住まいを荒らされたときに素直に泣き言の一つでも零してりゃ、こんな目に遭う前におれがもらってやったってのに」

「あたしの石ころ衆を滅茶苦茶にしたのは、あなただったのですね。あたしを追い詰めて、メイさんの妻をやめたいと言わせるために」

拳を震わせる。幸正がせせら笑って鼻を鳴らした。

「今はあんたが妻でも、海軍の任を解かれたらそいつはあんたを捨てて本国に帰るんだ。添い遂げようだなんて、どう足掻《あが》いても無理なんだよ。おれの言うことを聞いた方が、身のためと思うがな」

伊佐は顔を上げ、眼光を鋭くして幸正を睨みつけた。

「確かに、そのようなことで気を揉むこともありました。自分勝手なやきもちさえも焼きました。でも、それでもあたしはメイさんと信じ合うと、あたしたちの〝天ぷら丼〟を貫いてみせると決めたのです。あたしの夫はあなたではない、ここにいるスタンリー・メイソン様です！」

今ならわかる、鏡が身命を賭して遺した〝信実の愛〟の正体が。

「幸正さん」

たじろぐように揺れた筒先に、毅然と呼びかけた。

「あたしの大好物は、練羊羹ではなく黄粉餅です」

「……何の話だ」

「メイさんは憶えていてくれるんです。何度黄粉餅が大好物だと伝えても練羊羹ばかり買ってくるあなたと違って」

互いの魂が深く対等に繋がり合う、新しい男女の絆。春画に描かれるような肉体ありきの愛ではなく、魂にこそ想いが宿ると見出した清らかな〝愛〟。それこそが、鏡の探し求めた〝信実の愛〟だったのだ。

「図に乗るんじゃねえっ」

幸正は眉を吊り上げ、メイソンに向かって唾を飛ばしながら怒鳴った。

瞬間、黒い影が目の端から飛び込んできた。粟菱が投げた泥の塊が幸正の両目を覆うようにして張り付いた。

「ぐあっ」

幸正が悶えた。よろめきながらも拳銃は放さない。左手で引っ掻くように泥を拭いながら腕を出鱈目に振り回していたが、やがて筒先は伊佐の額を見つけてぴたりと止まった。

「イサッ」

メイソンが伊佐を抱きしめるようにして庇った。

引き金にかけられた人差し指が動いた。そのとき、潮騒が泥の上を滑るように割って入り、右手に握った茎のかんざしを筒先に素早く押し込んで屈んだ。

ボン、と硬い物が弾ける音がした。

拳銃は半分に砕かれ、幸正の右手を血みどろにしてぬかるみに散った。

「ぎゃああっ」

幸正が右手を押さえて泥の中に倒れた。丸くなって叫ぶ男を、粟菱が取り押さえた。

「三津田屋を燃やした仕返しだよ、ざまあみろ」

肩で息をしながら、潮騒は掌に刺さった棘を引き抜いた。

伊佐は踏み出そうとして腰が砕けてしまい、メイソンに支えられた。

「イサ」

「無事です、メイさん――ひゃっ」

メイソンは伊佐の背と膝の裏に腕を回し、軽々と抱え上げた。

間近から碧い目に笑いかけられる。紅潮する頰を隠すように顔を背けた。

いつの間にか雨はさらに細くなり、ほとんど見えなくなっていた。

雲間から陽が差し込み、淀んでいた世界に色が戻り始める。大門が照らされ、線を引くように光が仲之町通りを走っていく。遠くで金刀比羅社の真紅の鳥居が煌めいたとき、待ち侘《まわ》びたように小鳥が囀りだした。

「わあ……」

思わず、声が洩れた。

六尺（約百八十センチメートル）はあろうかという背丈は、いまだかつてない光景を伊佐に見せた。

「メイさんたちには、こんなにも美しい景色が見えていたのですね」

七色の草花を見下ろして眺めながら、伊佐は金の釦に指先を添え、濃紺の上着にもたれかかった。


大門が三日ぶりに軋みだした。

屋内で息を詰めるようにじっとしていた人々が一人また一人と通りへ出てきては、動き始めた大門に目を輝かせている。

「お伊佐殿」

メイソンと並んで大門を見上げていると、粟菱が、縄にかけた幸正とバーキットを連れていった岩亀楼から戻ってきた。

伊佐と向き合うなり、粟菱は深々と頭を下げた。

「そなたの推論、見事であった。お父上を下手人と疑い、申し訳なかった」

「過ぎたことですから、もうよいのです。頭を上げてください——シブサワエイジロウさま」

粟菱は顔を上げ、目を見張った。

「拙者の真の名まで見破っていたとは」

「浅見屋久作の名があなぐらむを用いた偽名だと、あなたは瞬時に見破られました。だから、もしかしてあなたの名もあなぐらむで作られたものなのでは、と考えて、調べてみたのです」

粟菱寿衛郎次。あるふぁべっとならば〝AWABISHI SUEROUJI〟となる。この文字列を並べ替えるうちに〝SHIBUSAWA EIJIROU〟の名に辿り着いた。

シブサワは憑き物が落ちたように顔の強張りを解いた。

「粟菱寿衛郎次の名はお鏡が考えた。彼女の亡き姉であるお寿衛《すえ》の名を——アタシにとって大切な二文字を入れてやったのだから誇らしいだろうと、小癪《こしゃく》な片えくぼで笑いながら」

「『心中箱は金と運命に弄ばれて添い遂げることのできない二人が、いつまでも想いを一つにして生きていくためのかすがい。人を死に誘う道具ではなく、この世に手を取り合い踏み留まるための心の拠り所なのです』」

「……シブサワ様？」

「間者に誘った際、お鏡が拙者にそう言った。だがお鏡は〝信実の愛〟の証明という大義を成し遂げるべく、この世に踏み留まるための道具で自分が真っ先に死んでみせた。あべこべだと、そなたは思うか」

鏡は死に、バーキットは生きながらえた。共に死ぬことも生きることもできず、二つの魂は引き裂かれてしまったのだろうか。

「お鏡さんがしたことは許されないことですし、彼女が執心していた〝信実の愛〟が本当に証明されたのかも、あたしにはわかりません。けれど、きっとお鏡さんもあたしもお里さんも、この胸に抱く想いはすべて、お鏡さんが〝愛〟と名付けた心のほーせきのことなのだと、あたしは信じます」

「そうか」シブサワは短く呟き、安堵したように顔を綻ばせた。

「ときに、シブサワ様はこれから横浜で何をなさるおつもりなのですか」

わざわざ鏡に間者になるように頼み、外国人の内情を引き出そうとしたのは、一体、何のためだったのだろう。

「それは知らぬが仏というものだ。だが」

シブサワは伊佐とメイソンの顔を交互に見てから、伊佐の目の奥をじっと見据えた。

「そなたの気丈な振る舞いは、故郷の村にいた頃の藍《あお》い自分の姿を見せつけられているようだった。百姓の仕事に精を出していたあの頃、役人に食ってかかった日のことを思い出した。もしかすると、異人と手を取り合い共に生きようと勇むそなたのような有りようが、頭の固い我が国を明るく照らすこともあるのかもしれない。心の片隅に思い留めておこう」

大門が一際大きく耳障りな音を轟かせた。

そこかしこから歓声が上がる。

わずかに残った白い雲を吹き飛ばし、扉は力強く開かれた。

「それでは、御免」

シブサワは伊佐に背を向け、青天の港町に踏み出していった。

伊佐　其の八

天から降る柿色を浴びて光る海に、軍艦の黒い影が浮かんでいる。

伊佐はメイソンと外国人居留地の海岸通りに立っていた。内海から吹き込む煤けた潮風を、手を広げて胸いっぱいに吸い込む。

目を瞑って息遣いを風に乗せていると、メイソンに肩を叩かれた。少し離れたところにできた人だかりを指さしている。軍楽隊の野外演奏会が始まろうとしているらしい。

文久三年の仲冬。慌ただしいあの七月から瞬く間に四ヵ月が経った。今日は、外国の暦では十二月二十四日に当たるのだという。

耶蘇《やそ》教徒の外国人たちにとって最も大切な祭事の日。港町のそこかしこで、各国の軍楽隊が美しい曲を披露している。

メイソンに手を引かれ、人だかりの一番前までやってきた。海を背にして並んだ英国の軍人たちが、光を照り返す楽器をそれぞれに構えている。錦江湾の戦で旗艦を務めた軍艦ユーリアラス号の部隊なのだとメイソンから聞いた。

「くりすますきゃろるというのは、音色がしっとりしていて雪のようですね。こうして耳を傾けていると、夢心地になってしまいます」

肩に乗せられたメイソンの手に触れた。強く握り返され、目頭が熱くなる。


英国と日本の関係は大きく変わり、進もうとしていた。

文久三年七月の錦江湾の砲戦で薩州藩は英国の強大さを目の当たりにし、いかに攘夷が向こう見ずで無謀な企てかを思い知った。そして、英国と戦うのではなく、共に手を取り合う道を選んだ。

文久三年十月五日。薩州藩は英国に対し、生麦騒動の下手人を捕らえて死罪にすることを約束したほか、償金を幕府から借りて支払い、その後も留学生を英国へ送ったり公使館と交流を持つなどして親睦を深めた。英国もまた頼りにならない幕府を半ば見限っていたため、砲弾を交わして打ち解けた薩州藩と喜んで手を取り合った。

そのような外交上の変化が響いてのことかはわからないが、この祭が明けて数日後に迎える新年に、メイソンの帰国が決まった。

二人が共に過ごすことができるのは、あとわずか。

そして、メイソンを見送ったあとで、伊佐もまた深川に帰ることになった。

繁蔵にかけられた疑惑の顚末《てんまつ》は秋のうちに手紙で大家の才葉屋に伝えた。返事には、落ち着いたのならそろそろ戻って縁組みでもどうかとあった。

相手は幸正が木場を去ってから繁蔵の一番弟子を務めてきた男だった。その者となら岩動屋を守っていけるだろう、相手方にも話をしたらぜひそうしたいと色好い返事があり、伊佐の帰りを首を長くして待っていると綴られていた。

「メイさん……」

手紙を読んだ日、伊佐は和紙の束を放り出し、メイソンに縋りついて夜を泣き明かした。

別れたくない、命の限り添い遂げたいと、願ってしまっていた。

別れの日が決まってから、目に涙を浮かべない日はなかった。

自分勝手な夢を幾度となく胸に咲かせた。

牡丹《ぼたん》の鮮やかな朝靄の永代寺《えいたい》や、提灯の夜に桜が吹雪《ふぶ》く仲之町通りを、人混みではぐれないように身を寄せ合って歩く夢。

あるいは英国の婦人のように腰から下が丸く膨らんだ服を着て、べるがもっとの香水を纏い、メイソンに手を引かれて倫敦《ろんどん》の街を歩く、夢——。

想像するたびに、首を絞められたように息ができなくなった。

伊佐を宥める碧い目も、蠟燭の焰の幾倍も強く激しく揺れていた。


溢れんばかりの歓声で、我に返った。

いつの間にか演奏が終わっている。

聴衆は大半が外国人だったが、大きな身体の隙間を埋めるように、ちらほらと日本人の姿もあった。見事な演奏を、声を上げて称《たた》えている。

こんなふうに、これから先も国を越えて皆が心を一つにできたらと、演奏部隊のはるか後方に見える軍艦に向かって目を細めた。

散り散りに住まいへ帰っていく聴衆を見送り、伊佐とメイソンは頷き合った。

海岸通りの縁に二人で並び、海へ足を投げ出して腰かける。小さな波がちゃぷちゃぷと穏やかに打ち寄せている。

伊佐はメイソンに預けていた木箱を受け取った。

繁蔵が遺した二重底の木箱。膝の上に置き、ゆっくりと蓋を開いた。

底に十字の烏文字の誓紙が敷かれており、それを上から押さえるように、伊佐のあめじすとと、メイソンの桜色のサファイアが輝き合っている。

鏡がこの世に遺した、心中箱というまじない。

どれほど強く願ったところで、やはり迷信には違いないだろう。

だが、その迷信をかすがいに変えて〝信実の愛〟を貫き通そうとした女夫星が少なくとも二組、燦然《さんぜん》と煌めいていたことを伊佐は知った。

だから、遠く離れてしまう夫と心だけはいつも女夫星であるために、同じ〝信実の愛〟という想いを抱いた者たちを——里を、鏡を、信じてみたいと思った。

「同じ〝石ころ屋〟の夫と出逢ったなんて言ったら、才葉屋の御内儀さんはさぞ驚かれるでしょうね。ううっ……」

「イサ」

メイソンの手に支えられ、やっとのことで木箱の蓋を閉じた。二人で箱に手を添える。

四つの手の震えで魂の欠片がカタカタと音を立てた。

「メイさん。幾久しく、共に」

「イサ。ソナタトトモニ、イクヒサシク」

波打ち際で手を伸ばしてくる波に、伊佐とメイソンはそっと箱を渡した。箱は二つの魂の重みで海の底へと向かい、すぐに見えなくなった。

右隣を見上げた。碧い目に、乱された水面のように波紋が広がっている。

「メイさんに〝愛〟をいただけるあたしは、世界で一番の果報者ですね」

無骨な白い手が伊佐の顎に触れた。そっと上に引き上げられる。

初めて、唇が重なった。

この世の何をも凌ぎ、温かかった。

〈主要参考資料〉

【遊廓・遊女・綿羊娘関係】
・中里機庵『幕末開港　綿羊娘情史』一九三一年、赤爐閣書房
・田中優子『遊廓と日本人』二〇二一年、講談社
・永井義男『図説　吉原事典』二〇一五年、朝日新聞出版
・赤瀬浩『長崎丸山遊廓　江戸時代のワンダーランド』二〇二一年、講談社
・白神義夫『横浜歴史散策』一九七九年、保育社
・日比野重郎『横浜社会辞彙』一九一七年、横浜通信社
・中條直樹、宮崎千穂「ロシア人士官と稲佐のラシャメンとの〝結婚〟生活について」二〇〇一年、名古屋大学言語文化部言語文化論集第XXⅢ巻第1号
・三谷一馬『江戸吉原図聚』一九九二年、中央公論社
・ポーラ文化研究所編『別冊歴史読本　幕末維新　明治・大正美人帖』二〇〇三年、新人物往来社
・平井良直「《岩亀楼・扇の間》の内部意匠に関する考察と検討」一九九五年三月、日本インテリア学会論文報告集5号
https://www.jstage.jst.go.jp/article/jasis/5/0/5_65/_pdf
・神奈川県立図書館企画サービス部地域情報課編『江戸を読む』「#49　流行横浜拳・横浜拳替うた」二〇一七年、神奈川県立図書館
https://www.klnet.pref.kanagawa.jp/uploads/2020/12/49.pdf

【文化・風俗関係】
・石川英輔『大江戸生活事情』一九九七年、講談社
・大森洋平『考証要集　秘伝！　NHK時代考証資料』二〇一三年、文藝春秋

・大森洋平『考証要集２　蔵出し　ＮＨＫ時代考証資料』二〇一八年、文藝春秋
・菊地ひと美『江戸の衣装と暮らし解剖図鑑』二〇二三年、エクスナレッジ
・菊地ひと美『江戸衣装図絵　奥方と町娘たち』二〇二一年、筑摩書房
・菊地ひと美『江戸衣装図絵　武士と町人』二〇二一年、筑摩書房
・菊地ひと美『江戸で部屋さがし』二〇二二年、講談社
・冨岡一成『江戸移住のすすめ』二〇二一年、旬報社
・撫子凛著・丸山伸彦監修『［イラストでわかる］お江戸ファッション図鑑』二〇二一年、マール社
・善養寺ススム文絵・江戸人文研究会編『絵でみる江戸の町とくらし図鑑』二〇一一年、廣済堂出版
・善養寺ススム文絵・江戸人文研究会編『イラスト・図説でよくわかる江戸の用語辞典』二〇一〇年、廣済堂出版
・喜田川守貞著・宇佐美英機校訂『近世風俗志　守貞謾稿１～５』一九九六～二〇〇二年、岩波書店
・柳父章『翻訳語成立事情』一九八二年、岩波書店

【幕末の横浜について】
・横浜開港資料館編『開港前後の横浜　１８５８～１８６０』二〇一九年、横浜市ふるさと歴史財団
・横浜開港資料館、横浜市歴史博物館編『よこはま史話１　開港場横浜ものがたり１８５９－１８９９』一九九九年、横浜開港資料館、横浜市歴史博物館
・小沢健志監修『写真で見る幕末・明治』一九九〇年、世界文化社
・金井圓編訳『描かれた幕末明治　イラストレイテッド・ロンドン・ニュース　日本通信　１８５３－１９０２』一九七三年、雄松堂書店
・「図説・横浜の歴史」編集委員会編『市政一〇〇周年　開港一三〇周年　図説【横浜の歴史】』一九八九年、横浜市市民局市民情報室広報センター

・『異国人の見た幕末明治JAPAN 愛蔵版』二〇〇五年、新人物往来社
・横浜開港資料館「開港のひろば」第９３号
写真と浮世絵の対話――洲干弁天社を写す・描く――
http://www.kaikou.city.yokohama.jp/journal/093/093_03.html
・横浜開港資料館「開港のひろば」第１４３号
企画展　神奈川宿台町からの眺望と横浜
http://www.kaikou.city.yokohama.jp/journal/143/02.html

【幕末の対外関係・在日外国人の生活について】
・フェルディナンド・フォン・リヒトホーフェン著・上村直己訳『リヒトホーフェン日本滞在記　ドイツ人地理学者の観た幕末明治』二〇一三年、九州大学出版会
・ヒュースケン著・青木枝朗訳『ヒュースケン　日本日記　１８５５-６１』一九八九年、岩波書店
・アーネスト・サトウ著・坂田精一訳『一外交官の見た明治維新　上・下』一九六〇年、岩波書店
・横浜開港資料館編『図説　日英関係史　１６００~１８６８』二〇二一年、原書房
・田所昌幸編『ロイヤル・ネイヴィーとパクス・ブリタニカ』二〇〇六年、有斐閣
・ルース・グッドマン著・小林由果訳『ヴィクトリア朝英国人の日常生活　上・下』二〇一七年、原書房
・笠原潔「幕末横浜居留地での英仏軍楽隊野外演奏曲目」二〇〇六年、放送大学研究年報第24号
https://ouj.repo.nii.ac.jp/record/7491/files/24-007.pdf

【その他】
・渋沢栄一述・長幸男 校注『雨夜譚　渋沢栄一自伝』一九八四年、岩波書店
・近松門左衛門著・諏訪《すわ》春雄訳注『曾根崎心中　冥途の飛脚　心中天の網島　現代語訳付き』二〇〇七年、角川学芸出版

【展示資料】

・深川江戸資料館

常設展示　及びその解説書『深川江戸資料館　展示解説書』

・横浜市歴史博物館

企画展『浮世の華　描かれた港崎』

選考会の意見を踏まえ、刊行にあたり、応募作を加筆・修正いたしました。

＊本作はフィクションです。実在する人物、事件とはいっさい関係ありません。本文中に、今日の見識から見れば不適切と思われる表現がありますが、当該の表現は当時の人たちの置かれた環境や意識のありようを理解するためのもので、差別助長の意図はございません。よろしくご理解のほどお願いいたします。

江戸川乱歩賞の沿革及び本年度の選考経過

EDOGAWA RAMPO AWARD

●江戸川乱歩賞の沿革

江戸川乱歩賞は、一九五四年、故江戸川乱歩が還暦記念として日本探偵作家クラブ（一般社団法人日本推理作家協会の前身）に寄付した百万円を基金として創設された。

第一回が中島河太郎「探偵小説辞典」、第二回が早川書房「ハヤカワ・ポケット・ミステリ」の出版に贈られたのち、第三回からは、書下ろしの長篇小説を募集して、その最高作品に贈るという現在の方向に定められた。

以後の受賞者と作品名は別表の通りだが、これら受賞者諸氏の活躍により、江戸川乱歩賞は次第に認められ、今や賞の権威は完全に確立したと言ってよいであろう。

この賞の選考は、二段階にわけて行われる。すなわち、日本推理作家協会が委嘱した予選委員七名が、全応募作品の中より、候補作数篇を選出する予選委員会、さらにその候補作から受賞作を決定する本選である。

●選考経過

本年度江戸川乱歩賞は、一月末日の締切りまでに応募総数三百九十五篇が集まり、予選委員（香山二三郎、川出正樹、末國善己、千街晶之、廣澤吉泰、三橋曉、村上貴史の七氏）により最終的に左記の候補作六篇が選出された。

相羽廻緒　「容疑者ピカソ」
工藤悠生　「ハゲタカの足跡」
東座莉一　「遊廓島心中譚」
雨地草太郎　「陽だまりのままでいて」
津根由弦　「許されざる拍手」
日野瑛太郎　「フェイク・マッスル」

この六篇から、五月九日（木）、帝国ホテルにおいて、選考委員、綾辻行人・有栖川有栖・真保裕一・辻村深月・貫井徳郎・東野圭吾・湊かなえの七氏の出席のもとに、慎重なる審議の結果、霜月流（東座莉一から改名）「遊廓島心中譚」と日野瑛太郎「フェイク・マッスル」を受賞作に決定。授賞式は十一月に豊島区にて行われる。

一般社団法人　日本推理作家協会

●選評（五十音順）

選評　綾辻行人

　日野瑛太郎『フェイク・マッスル』が頭抜けて面白かった。どうかすると「選考のために原稿を読んでいる」ことを忘れてしまいそうになりながら、ノンストップで楽しませていただいた。たまたま僕は第66回からこの賞の選考委員を務めてきたので、四年連続で最終候補に残った日野氏の作品を四年連続で読んだことになる。過去の三作も決して悪い出来ではなかった。水準はクリアしているものの、あとひと押しが足りなくて受賞には届かなかったのだけれども、今回は迷わず推すことができた。

「ユーモアミステリー」と呼んでいいだろう。難しげな潜入調査を命じられた主人公（＝週刊誌記者）の一人称の語りが、彼の妙に真面目な性格とそれゆえの妙にロジカルな行動を澱《よど》みなく描いて、実に読み味が良い。随所に可笑《おか》しみがあって笑わされてしまうのだが、「さあ笑え」というような押しつけがましさはない。主人公の真面目な思考と行動が、結果として読者に笑いをもたらす。この書きっぷりがたいへん優れているのだ。物語の、広義のミステリーとしての結構にも抜かりがない。文句なしの快作である。

　東座莉一（霜月流に改名）『遊廓島心中譚』は、幕末・横浜の遊廓を主な舞台にした時代ミステリーの力作。万延元年（一八六〇年）と文久三年（一八六三年）を往き来しながら進行する物語を、「これは何なのだろう」と幾度も首を傾げつつ読んでいくと、終盤に至ってすこぶる本格ミステリ的なクライマックスが待ち受けている。この展開には驚いた。愉しくもあった。

　ただこの作品、描かれる事件の〝形〟が非常に特異であるだけになおさら、そこかしこに疑問を感じざるをえない。充分な高度・深度まで筆が届いていない、とも感じたのだけれど、だからといってこの作品を推す声を否定しようとも思わなかった。作者がめざそうとしたもの、そのポテンシャル、といった点では大いに評価したいからである。

　議論の末、『フェイク・マッスル』と『遊廓島心中譚』両作への授賞が決まった。第70回の記念の年に、まるでタイプの異なる二つの受賞作が並ぶ、というのも悪くない話だろう。この結果を喜びたい。

以下、受賞を逃した四作について。

津根由弦『許されざる拍手』。序盤から中盤にかけての不気味さ・怖さは素晴らしい。ところがどうしたわけか、中盤を過ぎたあたりから急激に〝小説の質〟が低下してしまう。時間が足りなかったのか、あるいはそこから先を同じテンションで書ききる力が出なかったのか。いずれにせよ、この原稿は「未完成品」だろうと判定するしかなかった。

相羽廻緒『容疑者ピカソ』。複雑な構造の物語を最後まで丁寧に書き通している。意気込みと努力は買う。だが、その結果が「盛りだくさん」ではなくて「詰め込みすぎ」に見えてしまうところが、この作品の弱点のひとつだろう。それとは別の次元でいただけなかったのは、物語の核心部に置かれた「性加害事件」である。昨年から現実の社会で騒がれている同様の事件をあからさまに流用したような、この題材のこの取り扱い方にはまったく賛成できない。

雨地草太郎『陽だまりのままでいて』。女子高校生たちを主人公にした「学園本格ミステリー」が書きたかった——という作者の想いは分かる。とてもよく分かるのだが、描かれる彼女たちの学校生活も人間関係も、発生する事件の謎もトリックも真相も……すべてにわたって作りがゆるい、そしてぬるい。「古い」と云いたくなるようなところも多々あって、残念ながら僕はこの作品世界に没入できなかった。

工藤悠生『ハゲタカの足跡』。ミステリーとしての結構は無難に整っているが、これといって突出したものが感じられない。そんな中でもメインの殺人事件の構図はなかなか面白いのだけれど、それを解明するための情報に〝後出し〟が目立つのは問題だと思う。

選評　有栖川有栖

二作同時受賞となったのは、乱歩賞70周年を記念してのことではない。粘り強く討議を重ねた上での結果である。

受賞作の一つ『フェイク・マッスル』は、急に筋肉を得たアイドルに向けられたドーピング疑惑について探る週刊誌記者が主人公。謎も彼の潜入取材ぶりもユニークで、「何をやっているんだか」「よし、がんばれ」とにやけながら読み進めた。まんまと作者の術中にはまった感じだ。やがて事態は意外な展開を見せて、筋肉の謎の裏にあった秘密が最後に明かされる。独特の味わいで楽しませる作品で、この作者が他にどんなミステリを書くのかという興味も湧く。

もう一つの受賞作『遊廓島心中譚』は、幕末の横浜に実在した遊廓島が舞台の時代ミステリ。納得しにくい箇所がいくつか指摘されもしたが、修正が施せるとの判断で一致を見た。時代色が売り物ではなく、ある観念をテーマにしているため〈今ここ〉ではない時間と空間が選ばれている。ミステリでしか描けない夢想とも言える物語だろう。真相を暗示してしまいそうなので具体的には書けないのをお赦しいただくとして、候補作中、この作品が最も大きな小説になりたがっているように感じた。できるだけ大きくして読者に届けていただきたい。

ということで――。

日野瑛太郎さん、霜月流さん、おめでとうございます。揃って乱歩賞作家です。

他の四編について。

結論として「受賞作ではない」と思ったのだが、どの作品も「受賞に値する作品に生まれ変わる可能性」は感じた。最終候補に残っただけのことはある。

『容疑者ピカソ』は美術ミステリかと思いきや、学童野球チームの監督による性加害に起因する殺人事件という予想外の方向に話が進む。芸能界で現実に起きた性加害を学童野球にスライドさせることから発想されたのだろうか。それにしては当該問題への掘り下げが乏しく、ただミステリの素材として扱われているようなのが物足りない。二重底・三重底になった真相にはかなり無理がある。

『陽だまりのままでいて』は学園ミステリ。主人公の女子高校生たちが事件解明に乗り出す動機、刑事から情報を得る経緯、物語の結び方など、いずれも釈然としない。中核にある不可解な転落死のトリックについては物理的にも心理的にも成立しないだろう。これで行ける、という作者の見切りが随所で早すぎる。ただ、とても楽しんで書いたように感じられ、羨ましいほどだった。

『許されざる拍手』の主人公は福祉課に勤める職員。死亡した老人の日記を盗んで読むのを趣味にしており、そこにあった不穏な記述に興味を惹かれて……という発端が〈探偵趣味〉的で面白い。しかし、終盤に近づくほど軸がふらふらしてきて、どうしてこうなるのか、というエンディングだった。文章の密度もある時点から薄くなり、時間が足りなかったのだとしたら残念。

『ハゲタカの足跡』は、受賞作とするには最も穏当なように私には思えた。どの人物像にも一貫性があり、ＡＩなど素材の新しさがあって、文章に難がない。細部にミステリらしい工夫も施されていてポイントを稼いでもいるのだが――。非常に惜しいのは、今一つ面白みに欠けること。小さくまとまりすぎたのではないか。書ける方だと思うので、「納得・感心させてやろう」ではなく「驚愕・陶酔させてやろう」の意気込みでまたチャレンジしていただきたい。

七人の作家による異例の選考会は、とても楽しく充実した時間でした。

選評

真保裕一

『陽だまりのままでいて』を推したのは、残念ながら私一人だった。多くの弱点はある。警察の捜査も甘い。が、ライトノベル風の作品世界を選択することで、ぎりぎりトリックを成立させようという作者の意図は感じられた。さらに、六作中この作品のみが、登場人物の動機や思いに無理なく共感できた。この視点を大切に書き続けていただきたい。

『ハゲタカの足跡』のストーリーはなかなか練られていた。ただ、致命的にキャラ作りが弱かった。主人公は秘密道具を作り上げる力を持つ優秀な学生でありながら、言動が凡人で魅力につながらなかった。肝となるエマも、ファムファタルを狙ったのだろうが、何を考えて行動していたのか納得しにくい。が、この作者は筆力を磨けば、必ずいい作品を仕上げてくれそうだ。

『許されざる拍手』は、何気ない日常を読ませる筆力に目を見張らされ、前半は楽しめた。ところが、最初の設定のみで書き継いでいったのか、後半になると話が迷走し、読者は戸惑うばかりとなる。本当にもったいなかった。読者をもてなすケレンや気取りは必要と思うものの、ミステリである以上、まず最低限の構成は固めてから執筆してほしい。

『容疑者ピカソ』はタイトル負けしていた。このストーリーにピカソが必須だったとは思いにくい。キュビズムと犯人の似顔絵に共通項を見出すのは難しく、到底証拠となりえない。あくまで捜査の足がかりのヒントにすぎず、ピカソまで持ち出しても多くの読者は腑に落ちないだろう。実際の事件をヒントにした犯罪も、関係者かつ共犯者が多いために個の主張が置き去りになり、作者の都合が優先した。ラストも人物の切なる思いの描写が薄く、どんでん返しの効果よりも後味の悪さにつながっていたと思う。文章力はあるので、一歩引いて自分の組み立てた話を見つめ直す作業をしていただきたい。

『遊廓島心中譚』はプロローグの文章に配慮が見られ、姿勢を正して読み進めた。ヒッチコックの『汚名』を思わせる導入も興味深い。読み進めると、構想のスケールが実に大きく、魅力を感じた。が、春を売る仕事に就く主人公たちの描写に関して、作者は逃げているとしか思えず、強く推せなかった。性を描くことへの作者の覚悟までを求めはしないが、少なくとも女性たちの覚悟と決意の描写がなければ、この物語は成立しない。受賞後に手を入れることで、美しい完成形を期待したい。

『フェイク・マッスル』の面白さが私にはわからなかった。ユーモアでは片づけがたい土台の脆弱さが目についたせいだ。ネタばらしになるので多くを語れないが、SNS全盛の現代に秘密の過去は成立しにくいし、捜査側の動きにもリアリティが不足してはいないだろうか。手堅くまとめた筆力は認めながら、作者が本当に書きたい物語だったのか、疑問が残った。今後の活躍で危惧を吹き飛ばしていただきたい。

選評　辻村深月

『フェイク・マッスル』が抜群に面白かった。多くの選考委員からこの小説に宿るユーモアのセンスが評価されたが、私はもっと単純にこの小説で示された「謎」と、それを追う展開を心から楽しんだ。真面目で、真面目であるがゆえにちょっと抜けたところのある主人公にも好感が持て、エンタメとして山場となる試練をひとつひとつ乗り越えて読ませるテンポの良さも素晴らしい。登場人物たちが声高な主張なく組織を組織として当たり前に機能させ、読者や犯人の上をいく思考をしているところにも、さりげないけれど信じられる作家の筆力を感じた。受賞、おめでとうございます！

そして、もう一作の受賞作『遊廓島心中譚』のために選考会でかわされた言葉の数々を、著者にはぜひ直接あの場で聞いていただきたかった。それくらい小説としてミステリとして、選考委員それぞれがこの作品が目指している方向性を語り合い、それに近づくためにどうしたら読者により伝わるかを巡って議論した時間が得難いものだったと感じる。小説を書く者の一人として、私も大いに勉強になった。私たちからそうした言葉を引き出す魅力を十分に持った志の大きい作品であるという点に全員が合意して、受賞作となった。あれだけの血塗られた経緯をまとった事件の先で、他者が体の一部を結びつきの根拠とする心中箱に、互いの好きな石を入れるという伊佐とスタンリーのラストシーンも美しく、著者の今後の飛躍を期待したい。

『陽だまりのままでいて』は、青春小説の中に本格ミステリの謎を扱う作品で、期待が大きかったのだが、ミステリとしての真相の粗《あら》さもさることながら、青春小説として、今何をすれば新しいのか、その「強い新しさ」を何か用意してもらえたなら、評価が大きく違ったと思う。タイトルにもある咲那を守りたい、という友情とエゴの形や、他者の事件より自分たちに身近な文化祭に重きを置くあり方の「今っぽさ」は少女たちを扱う既存の物語ですでによく見られるものであり、私もとても好みの要素だからこそ、そこを超える何かを探してほしかった。ただ、著者が「これを書きたい」と思う熱量はよく伝わり、そこはとても好感を持った。

『容疑者ピカソ』。特殊清掃の現場の細部のリアリティーがとてもよく描けていて、ラストで明かされる、主人公がなぜその仕事を選んでいたのかの真相もよかった。ただ、要素が多い作品であるがゆえに事件と謎が渋滞気味で、登場人物のほとんどが何かの事件の関係者になってしまう展開が、結果として小説の奥行きを殺《そ》いでしまっている。特にもったいないのが、タイトルにもしているピカソにまつわる手記がうまく本編に絡まず、浮いてしまっている点。書ける著者だと思うからこそ、次は真に描きたい要素を、そここそが際立つような構成で考えてみてほしい。

『ハゲタカの足跡』。主人公が論文をハゲタカジャーナルに投稿してしまい、その事実を絶望しきった眼差しの担当教官に指摘される――このシーンが大変魅力的で、その先に大きな話が広がる予感があり、とても期待した。しかし、話がハゲタカジャーナルの問題としての大きな広がりや側面を描くことなく、個人的な小さな事件に着地してしまった印象。せめてエマか主人公にもっと読者を引きつける魅力があったなら、読み応えが変わったかもしれない。

『許されざる拍手』。前半、引き込まれて読んだのだが、未完成のまま終わってしまった印象。大きな風呂敷を広げようとしたけれど、途中で畳み方を放棄した形のままアートのように展示した、という感覚があり、おもしろくなりそうな題材であっただけに残念!

第70回、記念の年の江戸川乱歩賞選考会。それぞれに考え方や好みが違っても、同じ「ミステリが好き」という感覚を有する皆さんと心ゆくまで話ができる選考は、とても幸せな経験だった。今回、この場に立ち会えたことを光栄に思うとともに、候補者全員に大きな感謝を捧げたい。

選評

貫井徳郎

ミステリーの賞なのだから、設定か仕掛けのどちらかで「おっ」と思わせて欲しい。そういう気持ちがありますが、それを満たしてくれた作品が少なかったのは残念です。

唯一、設定に凝った作品が『遊廓島心中譚』でした。舞台は幕末の横浜で、主人公はらしゃめん。これだけで興味を惹かれますが、ミステリーとしてもかなりいろいろがんばっています。一番の高評価でした。

『フェイク・マッスル』の作者の作品を読むのは、これで三度目です。過去二作はトリック勝負の作品だったので、今回はそうでなくなったのが残念でした。驚いたのは、これをユーモアミステリーと読んだ選考委員が多かったことです。過去二作が生真面目な作風だったから、そうした読み方はまったくしませんでした。当てる物差しを間違えていたようです。

『ハゲタカの足跡』は困った作品でした。きちんとできているのです。読んでいて面白い。ですが、設定も仕掛けも目を惹くところがありません。すでにプロデビューしている人が、アベレージの無難な作品を書いたかのようです。これでは新人賞は突破できません。仕上がりはいびつでも、何か新しいパワーを感じさせる作品を新人賞は求めています。特徴のない作品でデビューしても、ご本人のためにならないと判断しました。

『陽だまりのままでいて』は、採点すれば高得点はつけられないけれど、好感が持てる作品でした。女子高校生が学校の屋上から飛び降りたら、下で倒れていたのは男子高校生だった。この謎は面白い。残念ながら、真相はあまり優雅ではありませんでした。とはいえ、フーダニットではなくホワットダニットに果敢に挑戦した姿勢は評価します。挑戦しつつも、最低限の完成度は確保する。そうすれば、デビューへの道が開けるでしょう。

『許されざる拍手』は、選考委員の多くが未完成と捉えました。確かに、一番おいしいところをぜんぜん描いていないのです。大量殺人者ではないかと思われる人がいる。本当にそうかと調べていったら、やはり殺人者だった。Aかと思ったらBだった、という展開をミステリーなら望みたいですが、まあそこはいい。問題は、その大量殺人者をまったく描いていないところです。なぜ何人も殺したのか？　そのきっかけは？　どんな考えの持ち主だったのか？　そういったことを描くのが、この作品の読みどころでしょう。中途半端すぎました。

『容疑者ピカソ』の作者は、事実を伏せておけばそれがミステリーの謎になると考えているようです。もちろん、違います。見え見えのことでいつまでも引っ張られては、読んでいて苛々するだけです。唯一の引きであったピカソのエピソードがどう絡むかも、完全に肩透かしでした。ミステリーを面白くしているのは何か、じっくり考えてみることをお勧めします。

　おおむね高評価を得た『フェイク・マッスル』の受賞が決まった後も、『遊廓島心中譚』の挑戦した姿勢を惜しむ選考委員が複数いて、結果的に二作受賞となりました。70回記念にふさわしい作品を二作も世に送り出すことができ、大変嬉しく思います。

選評　東野圭吾

『許されざる拍手』

　孤独死した老人たちの日記をコレクションするというアイデアは秀逸だ。作者はかなり壮大な設計図を描いていたように思われる。ただ残念ながら構想が複雑過ぎて手に余り、時間切れで脱稿せざるをえなかったのではないか。日記の主が何をしていたのかという最大の謎が解明されず、いろいろな伏線が未回収のまま、中途半端に幕が閉じられている。

『陽だまりのままでいて』

　ストーリーに無関係なシーンが多すぎる。プロを目指すからには、読者を飽きさせてはならない。単に焼きそばを食べるだけのシーンであっても、面白く読めるよう工夫すべきだ。ミステリ部分に関しては、客観的に読み直し、この真相やトリックに物理的、心理的なリアリティがあるかどうかを自分なりに評価してほしい。

『ハゲタカの足跡』

　スペック不明のパソコンをひと目見ただけで、データ複製や完全消去に要する時間を割り出せるものだろうか。また主人公は移動手段として愛用のバイクを使っているが、都内を走っているかぎり、警察がその気になれば行動の九十パーセント以上を把握できるだろう。論理に強引な部分もあり、主人公が警察から介入されずに動けたのは少々都合がよすぎる。しかしハゲタカジャーナルを扱っている点は興味深く、文章も悪くない。堅実さを感じさせるオーソドックスなミステリ作品だった。

『容疑者ピカソ』

　思いついたアイデアを何もかもぶちこんだ、という印象を受けた。そうしたやり方は批判されることが多いが、私は評価したい。主人公が遺品処理のバイトをしている理由には驚き、感心した。メインの謎となる殺人事件の真相には多少強引なところがあるが、許容範囲だと判断した。むしろ問題なのは過去の事件のほうで、主人公の心情に同調できない。ピカソとの関連が薄かったのも残念だった。

『遊廓島心中譚』

外国人の妾になった二人の女性を交互に描くという構成は魅力的だった。この二人の人生がどのように交錯するのかとわくわくしたが、期待外れというのが正直な印象だ。ミステリ要素が少ないと思っていたら、終盤になって突然謎解きが始まり、大いに面食らった。明かされる真相は荒唐無稽で、登場人物たちの心理に納得できないことが多い。しかしこの世界観を好きだという人もいるのではないか。選考会では、この作品についての議論で大半の時間を消費した。それが楽しかったのは、秘めた魅力に惹かれたからだろう。改稿を条件に授賞に賛意した。

『フェイク・マッスル』

わかりやすい設定、書き慣れた文章で、ストレスなく読めた。突然マッチョになったアイドルのドーピング疑惑を追う、という展開は面白く、スピード感もあった。独自の世界で勝負できる書き手だと思う。注文をつけるとすれば、もっと笑いの要素を増やしてほしかった。採尿作戦がうまくいったり、ピアノ技術を順調に取り戻したり、何もかもがスムーズに進みすぎるところは物足りない。この手のエンタテインメント作品は、これでもかというほど粘っこく、しかも続けざまにネタを投入していく必要がある。

選評

湊かなえ

大きな学びの場となる選考会に参加できたこと、心より感謝いたします。

『フェイク・マッスル』一位をつけました。この春からトレーニングジムに縁ができたことから、テーマに大変興味を持ちました。それがなくても、主人公の潜入取材やそれに伴う成長を笑いながら応援し、ユーモアミステリとして楽しむことができました。潜入取材シリーズとなれば喜んで追っていきたいと思います。おめでとうございます。

『遊廓島心中譚』幕末の横浜を舞台に、綿羊娘《らしゃめん》となった女性二人を軸として、骨太な本格ミステリに挑んでおり、読み応えがありました。「信実の愛」の証明とは何か、他二、三点、些細な疑問は生じましたが、ブラッシュアップにより、作者ならではの世界観を確立した重厚な作品に生まれ変わると信じています。おめでとうございます。

タイプの異なるミステリの二作同時受賞により、互いの作品の個性がより引き立つのではないかと思います。お二人とも、どんどん書いてください！

『容疑者ピカソ』特殊清掃の現場からピカソに繋がる日記を見つけるという導入に心を惹かれ、一気に読むことができました。未成年の性被害というデリケートなテーマに対し、若い刑事が真摯に寄り添う姿勢を感じることができたため、この作品の受賞もアリか、と考えましたが、ラスト三行で台無しになりました。怒るところはそこなのか、と。また、主人公に影響を与えたピカソの行動が肩すかしを食うものだったり、ピカソのキュービズム手法で描かれた容疑者の似顔絵に必然性を感じなかったりと、魅力的な道具立てが生かされていない点も残念に思いました。登場人物の名前にも配慮が必要です。実在の事件を面白がっているように思えて不快でした。どんでん返しや意外性を、受け狙いと混同してはいけません。場面の描写や、人物の心情をエピソードで描ける点など、上手いと感心する箇所は多々ありました。あと一歩だと信じて、これからもどうか書いてください。期待しています。

『ハゲタカの足跡』惜しい作品でした。主人公が大学院で何を学び、何を目指しているのかがわからないまま物語が始まったので、ハゲタカジャーナルに騙されることの重大さが理解できず、殺人事件が起きるようなことなのか？と物語に入り込めないまま読み進めてしまいました。冒頭、彼女と別れる場面から始まるのであれば、互いの信念がもっと掘り下げられていた方が、続く物語にメリハリが出たのではないかと思います。作品全体に大きな破綻は見られません。あとは、見せ方の工夫だと思います。この作品のおもしろいところはどこだろう、と全体を客観的に見返すためにも、梗概は最後まで書きましょう。がんばってください。

『陽だまりのままでいて』難しいトリックに挑んでいますが、一〇〇％不可能です。一％でもいいので「あるかも」と思わせる工夫をするのがプロの仕事です。高校生の心情描写は上手いのに、刑事が情報を明かし過ぎたり、隣家の男性が通報せず隠蔽工作をしたりと、主人公の親や教師も含め、大人が皆、高校生の延長のような思考の浅い描かれ方で、物語全体がふわふわとした印象になってしまい、もったいないです。梗概は三人称で書いた方が、作中、見落としていたことなどに気づきやすいのではないかと思います。

『許されざる拍手』田舎の役場に勤務する主人公の日常が、徐々に不穏な空気をまとい、歪《いびっ》なものに飲み込まれようとしている。そんな高い描写力とともに進んでいく物語に期待したものの、まさかの後半、やっつけ仕事の強制終了。開始一文字目からの誤字で、推敲していないことはわかりました。自宅の場面のはずが外出先のような描写になっていたり、美代が警察だった時、などと初出情報が既出のように書かれていたり。しかし、それよりも残念なのは、作品が未完成（私はそう捉えています）であることです。乱歩賞は毎年あります。他のミステリの賞もあります。どうか、可能性を秘めた作品を最後まで大切に扱ってください。

江戸川乱歩賞受賞リスト（第3回より書下ろし作品を募集）

第1回（昭和30年）「探偵小説辞典」 中島河太郎
第2回（昭和31年）「ハヤカワ・ポケット・ミステリ」の出版 早川書房
第3回（昭和32年）「猫は知っていた」 仁木悦子
第4回（昭和33年）「濡れた心」 多岐川恭
第5回（昭和34年）「危険な関係」 新章文子
第6回（昭和35年）受賞作品なし
第7回（昭和36年）「枯草の根」 陳舜臣
第8回（昭和37年）「大いなる幻影」 戸川昌子
「華やかな死体」 佐賀潜
第9回（昭和38年）「孤独なアスファルト」 藤村正太
第10回（昭和39年）「蟻の木の下で」 西東登
第11回（昭和40年）「天使の傷痕」 西村京太郎
第12回（昭和41年）「殺人の棋譜」 斎藤栄
第13回（昭和42年）「伯林─一八八八年」 海渡英祐
第14回（昭和43年）受賞作品なし
第15回（昭和44年）「高層の死角」 森村誠一
第16回（昭和45年）「殺意の演奏」 大谷羊太郎
第17回（昭和46年）受賞作品なし
第18回（昭和47年）「仮面法廷」 和久峻三
第19回（昭和48年）「アルキメデスは手を汚さない」 小峰元
第20回（昭和49年）「暗黒告知」 小林久三
第21回（昭和50年）「蝶たちは今……」 日下圭介
第22回（昭和51年）「五十万年の死角」 伴野朗
第23回（昭和52年）「透明な季節」 梶龍雄
「時をきざむ潮」 藤本泉
第24回（昭和53年）「ぼくらの時代」 栗本薫
第25回（昭和54年）「プラハからの道化たち」 高柳芳夫
第26回（昭和55年）「猿丸幻視行」 井沢元彦
第27回（昭和56年）「原子炉の蟹」 長井彬
第28回（昭和57年）「黄金流砂」 中津文彦
「焦茶色のパステル」 岡嶋二人
第29回（昭和58年）「写楽殺人事件」 高橋克彦
第30回（昭和59年）「天女の末裔」 鳥井加南子
第31回（昭和60年）「モーツァルトは子守唄を歌わない」 森雅裕
「放課後」 東野圭吾
第32回（昭和61年）「花園の迷宮」 山崎洋子
第33回（昭和62年）「風のターン・ロード」 石井敏弘
第34回（昭和63年）「白色の残像」 坂本光一
第35回（平成元年）「浅草エノケン一座の嵐」 長坂秀佳

第36回（平成2年）「剣の道殺人事件」　鳥羽　亮
「フェニックスの弔鐘」　阿部　陽一
第37回（平成3年）「連鎖」　真保　裕一
「ナイト・ダンサー」　鳴海　章
第38回（平成4年）「白く長い廊下」　川田弥一郎
第39回（平成5年）「顔に降りかかる雨」　桐野　夏生
第40回（平成6年）「検察捜査」　中嶋　博行
第41回（平成7年）「テロリストのパラソル」　藤原　伊織
第42回（平成8年）「左手に告げるなかれ」　渡辺　容子
第43回（平成9年）「破線のマリス」　野沢　尚
第44回（平成10年）「Ｔｗｅｌｖｅ Ｙ．Ｏ．」　福井　晴敏
「果つる底なき」　池井戸　潤
第45回（平成11年）「八月のマルクス」　新野　剛志
第46回（平成12年）「脳男」　首藤　瓜於
第47回（平成13年）「13階段」　高野　和明
第48回（平成14年）「滅びのモノクローム」　三浦　明博
第49回（平成15年）「マッチメイク」　不知火京介
「翳りゆく夏」　赤井　三尋
第50回（平成16年）「カタコンベ」　神山　裕右
第51回（平成17年）「天使のナイフ」　薬丸　岳
第52回（平成18年）「東京ダモイ」　鏑木　蓮
「三年坂 火の夢」　早瀬　乱
第53回（平成19年）「沈底魚」　曽根　圭介
第54回（平成20年）「誘拐児」　翔田　寛
「訣別の森」　末浦　広海
第55回（平成21年）「プリズン・トリック」　遠藤　武文
第56回（平成22年）「再会」　横関　大
第57回（平成23年）「よろずのことに気をつけよ」　川瀬　七緒
「完盗オンサイト」　玖村まゆみ
第58回（平成24年）「カラマーゾフの妹」　高野　史緒
第59回（平成25年）「襲名犯」　竹吉　優輔
第60回（平成26年）「闇に香る嘘」　下村　敦史
第61回（平成27年）「道徳の時間」　呉　勝浩
第62回（平成28年）「ＱＪＫＪＱ」　佐藤　究
第63回（平成29年）受賞作品なし
第64回（平成30年）「到達不能極」　斉藤　詠一
第65回（令和元年）「ノワールをまとう女」　神護かずみ
第66回（令和2年）「わたしが消える」　佐野　広実
第67回（令和3年）「北緯43度のコールドケース」　伏尾　美紀
「老虎残夢」　桃野　雑派
第68回（令和4年）「此の世の果ての殺人」　荒木あかね
第69回（令和5年）「蒼天の鳥」　三上幸四郎

装幀　bookwall
装画　いとうあつき
地図・岩亀楼イラスト　芦刈　将

霜月 流（しもつき・りゅう）
1993年東京都生まれ。学習院大学法学部法学科卒業。会社員をしながら執筆活動を行う。東座莉一名義にて、『５分で読める驚愕のラストの物語』（集英社 JUMP j BOOKS）に掌編「表裏一体」で参加。本作が長編デビュー作となる。

遊《ゆう》廓《かく》島《じま》心《しん》中《じゅう》譚《がたり》

第１刷発行 2024年10月21日

著　者…………霜月《しもつき》 流《りゅう》
発行者…………篠木和久
発行所…………株式会社 講談社
〒112-8001 東京都文京区音羽2-12-21
電話　出版：03-5395-3505　販売：03-5395-5817
業務：03-5395-3615
本文データ制作…講談社デジタル製作
印刷所…………株式会社KPSプロダクツ
製本所…………株式会社若林製本工場

KODANSHA

Printed in Japan ISBN978-4-06-536831-2 N.D.C. 913 262p 20cm

第71回 江戸川乱歩賞応募規定

第71回の募集スタート！
推理小説の未来を担う才能、お待ちしています！

◉種類：広い意味の推理小説で、自作未発表のもの。

◉枚数：縦書き・一段組みとし、四百字詰め原稿用紙で350～550枚(コピー不可)。ワープロ原稿の場合は必ず一行30字×40行で作成し、115～185枚。郵送応募の場合は、A4判のマス目のない紙に印字のうえ、必ず通し番号を入れて、ダブルクリップなどで綴じて輸送段階でバラバラにならないようにしてください。

原稿データ形式はMSWord(docx)、テキスト(txt)、PDF(pdf)での投稿を推奨します。応募規定の原稿枚数規定を満たしたものに限り応募を受け付けます(いずれも超過・不足した場合は失格となります)。ワープロ原稿の場合、四百字詰め原稿用紙換算では枚数計算がずれる場合があります。上記規定の一行30字×40行で規定枚数であれば問題ありません。

◉原稿の締切：2025年1月末日(当日消印有効)

◉原稿の送り先
【郵送での応募】〒112-8001 東京都文京区音羽2-12-21 講談社 文芸第二出版部「江戸川乱歩賞係」宛て。

【WEBでの応募】「好きな物語と出会えるサイトtree」(https://tree-novel.com/)内〈原稿募集〉第71回江戸川乱歩賞 応募要項のページを開き、【WEBでの応募】の「こちら」をクリックし、専用WEB投稿フォームから必要事項を記入の上、1枚目に作品タイトルが記載された原稿ファイルのみをアップロードして投稿すること。

◉原稿のタイトル：郵送、WEBいずれも、原稿1枚目にタイトルを明記すること。

◉氏名等の明記
【郵送での応募】別紙に①住所②氏名(本名および筆名)③生年月日④学歴および筆歴⑤職業⑥電話番号⑦タイトル⑧四百字詰め原稿用紙、またはワープロ原稿での換算枚数を明記し、原稿の一番上に添付のこと。

【WEBでの応募】①～⑧は投稿フォーム上に入力すること。
※筆名と本名の入力に間違いがないか投稿前に必ずご確認ください。選考途中での筆名の変更は認められません。
※筆歴について、過去にフィクション、ノンフィクション問わず出版経験がある、または他社の新人賞を受賞しているなどがある場合は必ず記載してください。また、他の新人賞への応募歴も可能な限り詳しく記載してください。
◉梗概
【郵送での応募】四百字詰め原稿用紙換算で3～5枚の梗概を添付すること。
【WEBでの応募】梗概は投稿フォーム上に入力すること。
◉入選発表：2025年春頃にHP上で第一次、第二次予選選考経過、最終候補作を寸評つきで掲載。5月半ば以降に受賞者を掲載。同じ内容は同期間に発売される「小説現代」にも掲載されます。
◉賞：正賞として江戸川乱歩像。副賞として賞金500万円(複数受賞の場合は分割)ならびに講談社が出版する当該作の印税全額。
◉贈呈式：2025年11月に豊島区の協力を得て、東京都内で開催予定。
◉諸権利：**〈出版権〉**受賞作の出版権は、3年間講談社に帰属する。その際、規定の著作権使用料が著作権者に別途支払われる。また、文庫化の優先権は講談社が有する。**〈映像化権〉**に関する二次的利用についてはフジテレビ等が期限付きでの独占利用権を有する。その独占利用権の対価は受賞賞金に含まれる。作品の内容により映像化が困難な場合も賞金は規定通り支払われる。
◉応募原稿：応募原稿は一切返却しませんので控えのコピーをお取りのうえご応募ください。二重投稿はご遠慮ください(失格条件となりうる)。なお、応募原稿に関する問い合わせには応じられません。

主催　一般社団法人 日本推理作家協会　後援　講談社／フジテレビ　協力　豊島区

岩亀楼　外観図